UN VIAGGIO ALLA SCOPERTA
DELLE ANTICHE LEGGENDE

Per tutte le novità e tanta mitologia

seguici su

Miti e Leggende

meetmyths

Meet Myths

www.arda2300.wordpress.com

©Mila Fois
Tutti i diritti riservati. Nessuna parte di questa pubblicazione può essere tradotta, riprodotta, copiata o trasmessa in ogni forma o con qualsiasi mezzo, sia esso elettronico, meccanico, tramite fotocopie o altro, senza la previa autorizzazione

I Miti Egizi

Mila Fois

In questo libro andremo alla scoperta della misteriosa e affascinante mitologia egizia, conosciuta dai più per i suoi stravaganti protagonisti, ovvero dèi dotati di testa animale. In molti si chiedono come mai gli antichi egizi fossero gli unici, tra i popoli del passato, ad avere così tante divinità zoocefale, e un mito greco ci fornisce la risposta.

Si racconta che, al tempo in cui il pericoloso Tifone sorse dalla terra, tra sbuffi di fumo e cataclismi, deciso a muovere guerra agli dèi dell'Olimpo, le divinità si spaventarono e fuggirono, tramutandosi in animali per non essere riconosciute dal colossale nemico. Si rifugiarono in Egitto e lì furono venerate come entità dalla testa di ariete, sciacallo, vacca, leonessa e così via, fornendo un'ottima scusante al sincretismo greco, che vide negli dèi egizi una versione zoocefala di quelli della loro patria. Troviamo infatti numerosi accostamenti: il saggio Thoth diviene Hermes, e la sua città prende il nome di Hermopolis; la fertile e seducente Hathor viene identificata con Afrodite, e la sua capitale Pr-Hathor, viene chiamata Aphroditopolis; il dio dei morti Ade viene riconosciuto nello ctonio Anubi, e così via. Insomma, i greci videro l'Egitto come uno specchio del loro mondo, e in questo modo cercarono di spiegarlo ai propri conterranei. Le principali fonti che ci raccontano la mitologia egizia provengono da Erodoto di Alicarnasso, che viaggiò nelle terre del Nilo, restandone profondamente affascinato, da Diodoro Siculo, che a sua volta compì un viaggio in Egitto, e Plutarco.

Non era facile al tempo, così come non lo è oggi, raccapezzarsi tra i numerosi aspetti assunti dalle divinità egizie, così come comprendere i loro ruoli diversi all'interno di triadi e famiglie divine. Ciascuna città aveva una propria cosmogonia, così come una propria triade di divinità (solitamente una coppia di dèi più il loro figlio), e gli stessi protagonisti vengono associati a consorti differenti, o hanno genitori e ruoli diversi, in base al tempio in cui erano venerati. La tradizione più diffusa è quella eliopolitana, da Heliopolis, chiamata dai greci la Città del Sole, mentre per gli egizi era Iunu, la mistica Città dei Pilastri, ma ve ne erano molte altre, come quella menfita, tebana, di Edfu, Elefantina etc.

Per fortuna sono arrivati fino a noi anche molti documenti prodotti dagli stessi antichi egizi, scritti su papiri o incisi su pareti tombali o steli, e grazie a questi siamo riusciti a comprendere meglio il loro variegato e intrigante modo di vedere il mondo. Nonostante ciò, l'Egitto rimane un regno misterioso, che ancora dà molto da pensare agli studiosi. La raffinatezza del calcolo astronomico, la complessità della scrittura geroglifica, i misteri non ancora del tutto risolti delle monumentali Piramidi e la mistica concezione dell'aldilà sono solo alcuni esempi di come la tradizione egizia spiccasse per originalità e ancora oggi possa costituire un appassionante argomento di studio, offrendoci incredibili racconti, come quello della lotta millenaria tra Horus e Seth o la struggente storia di Iside e Osiride.

Grazie a tutti coloro che leggeranno questi miti!

I protagonisti 1

La genealogia dei Neter 9

La Creazione 13

L'Occhio di Horus..................................24

Osiride 30

Horus il vendicatore di suo padre.......................43

Thoth il tre volte grande 68

Il Demiurgo di Memphis 85

Sono Khepri al mattino, Ra a mezzodì e Atum alla sera..93

La dea dai molti nomi 103

Il viaggio di Ra 115

Simboli della cultura egizia 133

I protagonisti

Ammit: la divoratrice. Creatura dalla testa di coccodrillo e corpo di leone e ippopotamo. Divora le anime che non superano la prova della bilancia nel Duat.

Amun: dio dell'aria e dei venti, facente parte dell'Odgdoade di Hermopolis. Viene venerato specialmente nella triade tebana con la sposa Mut e il figlio Khonsu. In età successiva sarà fuso con il dio solare, diventando Amun-Ra.

Anubi: dio dalla testa di sciacallo, protettore e guardiano dei morti e legato al processo di imbalsamazione. Figlio di Osiride e Nefti.

Apophis: (o Apep) il grande serpente del caos, portatore di oscurità e distruzione, che ogni notte cerca di divorare la barca solare. Viene tenuto a freno grazie a Seth, Iside e Thoth. Si dice sia nato dalla saliva dell'antica dea Neith.

Apis: l'araldo di Ptah. Toro sacro, dotato di speciali caratteristiche capaci di renderlo riconoscibile al popolo egizio. Quando veniva trovato, era portato al tempio e venerato come portavoce di Ptah, il demiurgo di Memphis.

Atum: il primo dio solare che sorse dalle acque primordiali. Padre di Shu e Tefnut. Venerato a Iunu (Heliopolis), divenne più tardi la divinità del sole al tramonto.

Bast: (o Bastet) dea gatto, considerata una delle forme di Hathor-Sekhmet, nonché moglie di Ptah e madre di Nefertum. Ogni notte uccide il serpente Apophis, decapitandolo e aiutando così il sole a sorgere.

Bes: divinità molto antica, gli egizi stessi dicono che provenga da un lontano regno divino. Ha la forma di un grottesco nano dotato di coda, o di un gatto su due zampe, e dona la buona sorte, specialmente ai bambini.

Geb: figlio di Shu e Tefnut, è il dio che rappresenta la terra, che per gli egizi era un principio maschile. Assieme a Nut genererà Iside, Nefti, Osiride, Seth e Horus l'Antico.

Hapi: personificazione del Nilo, raffigurato con carnagione verde o blu, ventre prominente e con il seno, nonostante sia di sesso maschile, per indicare il suo compito di portare nutrimento all'Egitto.

Hathor: dea madre dai molti nomi e dalle molteplici forme (vacca, leonessa, gatto). Regina del Sud e Signora del Sicomoro, patrona della bellezza e dell'amore. Moglie, talvolta figlia prediletta o ancora madre, di Ra, ha con lui un rapporto molto speciale ed è pronta a tutto pur di difenderlo. A volte è la moglie di Sobek.

Heka: dio degli incantesimi, chiamati *hekau* e considerati molto potenti: conoscendo il vero nome di qualcosa, lo si avrebbe avuto in proprio potere. Ogni notte assiste Ra sulla sua barca solare, aiutandolo a vincere il caos e le tenebre grazie alla sua magia. Ritenuto figlio di Atum o di Khnum.

Hershef: "Colui che sorge dal Lago", dio di Herakleopolis, identificato dai greci con Eracle.

Horus il giovane: figlio di Iside, avuto da un Osiride già morto. Sua madre, aiutata da altri dèi, s'impegnò a lungo per aiutarlo a vendicare la morte del padre e a sconfiggere l'usurpatore Seth. Dopo una sfida durata più di ottant'anni, Horus riuscì a prevalere.

Horus l'Antico: (chiamato anche Harwer o Haroeris) figlio di Geb e Nut, fratello e acerrimo rivale di Seth. La lotta tra i due, che rappresentano i due regni d'Egitto, fu molto agguerrita, ma grazie all'intervento del saggio Thoth si riuscì a mettervi fine.

Iside: figlia di Geb e Nut, moglie di Osiride. Dea madre che lentamente diverrà la figura femminile più importante nel *pantheon* egizio. Quando Seth uccise suo marito e ne sparpagliò il corpo, tagliato in vari pezzi, Iside non si arrese e lo cercò dappertutto, riuscendo a ricomporlo e ad avere un figlio da lui: Horus. In seguito si adoperò con ogni mezzo perché il figlio prendesse il posto di Osiride e lo vendicasse.

Khepri: dio a forma di scarabeo che ogni mattina, all'alba, spinge la sfera solare nell'alto dei cieli, facendo sorgere il sole.

Khnum: dio dalla testa di ariete venerato nella prima

cateratta del Nilo. Secondo alcune leggende creò gli uomini usando l'argilla.

Khonsu: figlio di Ptah e Mut, venerato a Tebe. Dio lunare che naviga ogni notte nel cielo sulla sua barca d'argento. Raffigurato talvolta come un fanciullo.

Maat: dea che impersonifica la verità e la giustizia. Dotata di piume candide e leggere che, poste sulla bilancia del Duat, aiutano Osiride, Anubi e Thoth a valutare il peso di un'anima, scoprendo se è stata empia o pura. Moglie di Thoth.

Mut: adorata a Tebe come moglie di Amun e madre di Khonsu. Raffigurata con ali di avvoltoio e legata al concetto di maternità e protezione.

Nefertum: figlio di Bast-Sekhmet e Ptah, parte della triade di Memphis. Si tratta di un giovane attraente e profumato, il cui fiore è il delicato loto blu del Nilo.

Nefti: moglie di Seth, raffigurata spesso con ali di falco. Suo marito è sterile ma la dea riesce comunque ad avere un figlio da Osiride: Anubi. Indignata dalla crudeltà di Seth, aiuterà la sorella Iside a recuperare il corpo dell'amato marito.

Neith: antica dea della caccia e della guerra. A Sais, città in cui era venerata, veniva considerata la madre di tutti gli dèi. Si racconta che fu lei a creare il genere umano, pescandolo dalle acque primordiali grazie alla sua rete.

Nekhbet: dea avvoltoio, sorella di Wadjet, protettrice

della casata reale del faraone.

Nun: il dio più antico, rappresenta l'oceano primordiale dal quale sorsero tutte le cose, Atum, il sole, per primo.

Nut: figlia di Shu e Tefnut, rappresenta il cielo, specialmente quello notturno e stellato. Assieme a Geb (la terra) ebbe cinque figli, che partorì grazie all'aiuto di Thoth: essi sono Osiride, Seth, Horus l'Antico, Iside e Nefti. Ra volle impedirle di avere questi figli e spesso viene raffigurata mentre viene tenuta sollevata dal padre Shu, intento a separarla da Geb.

Onuris: dio cacciatore, raffigurato con una lancia, e con la testa ornata da quattro piume. Il suo nome significa Colui che riporta indietro la Lontana, riferendosi a un mito in cui attraversa il deserto per recuperare una dea leonessa.

Osiride: dio della fertilità e della resurrezione, simboleggia la natura che ogni anno muore e rifiorisce. Figlio di Geb e Nut, marito di Iside e padre di Horus il giovane. Viene ingannato e ucciso dal fratello Seth, ma grazie alla devozione di sua moglie riuscirà a tornare integro e a divenire re del Duat, l'oltretomba egizio.

Ptah: a Memphis è considerato il demiurgo e creatore del mondo intero. Grande conoscitore di arti quali la metallurgia, l'architettura e l'alchimia, rappresenta la materia cosmica che è in grado di modellare. Il toro Apis è il suo araldo.

Ra: dio solare i cui occhi sono il sole e la luna. Viene rappresentato con testa di falco e la sua patria è Heliopolis, dove è a capo dell'Enneade. Ogni notte viaggia sulla sua barca solare, accompagnato da dèi e dee che hanno il compito di proteggerlo e aiutarlo a sconfiggere il caos e a compiere il rituale di rinascita e rigenerazione. Spesso lo troviamo fuso con altre divinità, come Amun o Atum.

Renenutet: la dea cobra che conferisce il vero nome a ogni bimbo, quando questi beve il latte della madre per la prima volta. Talvolta è considerata la moglie di Sobek.

Sekhmet: pericolosa dea leonessa che compie il volere di Ra, portando sterminio e devastazione nel mondo, prendendo anche il titolo di Occhio di Ra. Si tratta di una forma guerriera di Hathor, talmente feroce che alla fine persino Ra in persona si pentì della furia che aveva scatenato e dovette inventare uno stratagemma per placarne l'ira, prima che l'intero universo venisse distrutto.

Serkhet: dea scorpione, capace di togliere il respiro con il suo letale veleno, ma anche di restituirlo grazie ai suoi poteri di guarigione.

Seshat: dea della storia e della scrittura, moglie di Thoth, lo aiuta nella trascrizione del suo vastissimo sapere.

Seth: figlio di Geb e Nut, marito di Nefti. Dio dalla testa di formichiere, asino o oritteropo, rappresenta il deserto rosso, sterile e letale. Odia Osiride e con l'inganno riesce a ucciderlo, ma il suo erede Horus il giovane lo sfiderà per ottanta lunghi anni al fine di riprendere il trono che spettava a suo padre. Seth è una forza distruttiva ma, se rivolta dal lato giusto, può rivelarsi molto utile: ogni notte infatti sfrutta il suo potere sconfinato per tenere a bada Apophis, il terribile serpente delle tenebre, permettendo a Ra di rigenerarsi.

Shai: dio del destino, rappresentato in forma di serpente e talvolta marito di Renenutet. Alla nascita di ogni essere vivente, Shai stabilisce il suo fato da quel momento in poi, fino al momento del giudizio nel Duat.

Shu: dio che rappresenta l'atmosfera, spesso raffigurato nell'atto di separare Nut e Geb, il cielo e la terra, suoi figli.

Sobek: dio coccodrillo adorato a Crocodilopolis. Talvolta è una divinità crudele e caotica, altre volte invece è protettiva e benevola.

Sokar: antica divinità dalla testa di falco, patrono del pericoloso deserto che viene attraversato ogni notte dalla barca solare di Ra.

Tefnut: moglie e sorella di Shu, rappresenta l'umidità ed è madre di Geb e Nut, il cielo e la terra.

Thoth: dio dalla testa d'ibis, patrono della sapienza e della scrittura, che si dice sia stata inventata da lui assieme a molte altre arti e scienze come la matematica, l'astronomia e la medicina. Il suo compito è di mantenere l'equilibrio e spesso interviene nelle dispute tra dèi per dare buoni consigli o per utilizzare i suoi immensi poteri per scopi benefici. Venerato a Hermopolis.

Wadjet: la dea cobra che rappresenta l'occhio di Ra, protegge il faraone e si assicura che questi rimanga fedele alle leggi di Maat, ovvero giustizia e verità.

La genealogia dei Neter

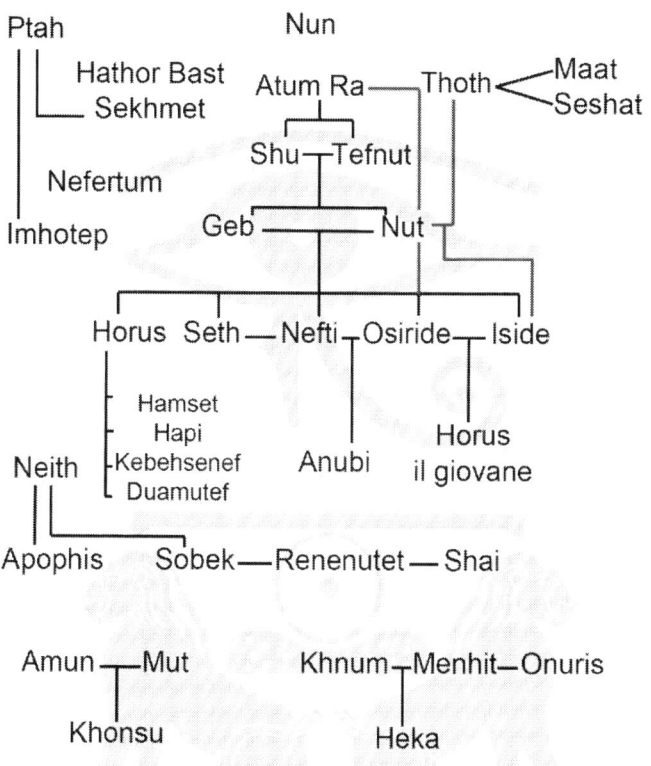

AMUN RA ANUBIS ATUM BAST

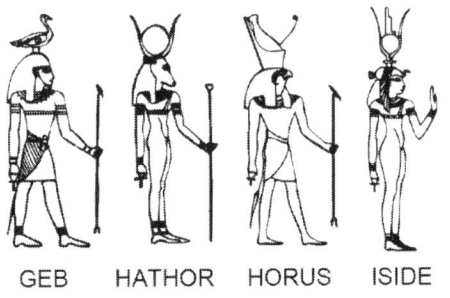

GEB HATHOR HORUS ISIDE

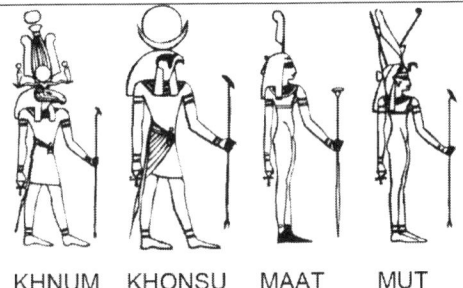

KHNUM KHONSU MAAT MUT

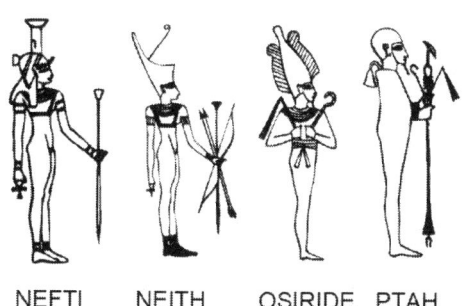

NEFTI   NEITH   OSIRIDE   PTAH

RA   SEKHMET   SETH   SOBEK

THOTH

La Creazione

La Creazione

All'inizio vi era solo Nun, il grande oceano primordiale, conosciuto anche come divinità delle acque sotterranee, raffigurato come un uomo dalla carnagione verde-bluastra, con una testa di rana piumata. Le vaste acque di Nun circondavano una prima collinetta di terra emersa, e fu lì che, secondo tradizioni diverse, ebbe origine la vita. Fu proprio su quel primo lembo di terra che l'oca selvatica Gengen (talvolta manifestazione del dio Shu) depose il suo uovo, che conteneva ogni cosa presente nel cielo e nella terra.

Secondo la teologia di Hermopolis, devota al dio Thoth, l'uovo sarebbe invece appartenuto a un ibis, animale sacro al dio della sapienza. Assieme a otto dèi, in forma di quattro serpenti e quattro rane, Thoth avrebbe poi dato origine al creato. Un frammento dell'uovo cosmico era conservato, o almeno così si riteneva, nel tempio di Hermopolis.

A Memphis, invece, dove si venerava Ptah, si riteneva che otto divinità, emanazioni del divino architetto, avrebbero dato vita al tutto, facendo emergere dalle acque primordiali un fior di loto che si dischiuse, contenendo un bimbo solare fatto di pura luce. Quando i petali si aprirono, una grande luce irradiò tutta la terra: era nato Atum-Ra, il dio solare, il cui nome racchiude sia la radice del tutto, che quella del nulla. Secondo i *Testi delle Piramidi*, invece, dai flutti fertili e limacciosi come quelli del Nilo, emerse la vacca celeste, portando il disco solare di Atum tra le corna.

Comunque siano andate le cose, il dio solare riempì il mondo con la propria luce, generando due figli, un maschio e una femmina, Shu e Tefnut, che simboleggiano rispettivamente l'aria e l'umidità e, nei rilievi di Leontopolis, appaiono come una coppia di leoni. Atum li creò a partire da se stesso, grazie alle proprie lacrime, alla propria saliva o al proprio seme. Shu e Tefnut però caddero nelle acque primeve e si smarrirono, gettando nello sconforto il loro genitore, che non riusciva più a trovarli. Deciso a risolvere il problema, il dio solare mandò il proprio occhio destro a cercarli, e fu così che Wadjet, una entità femminile che rappresenta l'occhio del dio sole, partì a sondare le immensità del mondo ancora avvolto nel caos, e riuscì a trovare i due gemelli smarriti. Mentre era via, Atum-Ra creò per se stesso un secondo occhio, meno brillante del primo, dando così origine alla Luna, che per gli egizi è il suo occhio sinistro, ma quando Wadjet tornò assieme ai fratelli ritrovati, arse di gelosia scoprendo di essere stata sostituita. Per placare la sua ira, il dio la tramutò in un serpente che si sarebbe avvolto sul capo dei faraoni, rappresentando la corona rossa del Basso Egitto. Risolto questo problema, il dio poté quindi rallegrarsi del ritorno di Shu e Tefnut, piangendo di gioia e commozione. Fu proprio da queste lacrime che ebbe origine il genere umano: in antico egizio, le lacrime erano chiamate *remut*, mentre gli esseri umani erano *remetj*, legati quindi anche a livello fonetico al pianto del loro creatore. Secondo un'altra tradizione, sarebbe invece stata l'antichissima dea Neith, la fiera cacciatrice di Sais, a trarre fuori i primi esseri umani dall'oceano primordiale, utilizzando una rete che lei stessa aveva intessuto.

Dall'unione di Shu e Tefnut nacquero Geb e Nut, una coppia di divinità che, proprio come i loro genitori, saranno sia fratello e sorella che marito e moglie. Geb, il maschio, rappresenta la terra e la fecondità, simboleggiato dall'oca selvatica, che ne descrive il nome in geroglifico, mentre Nut è il cielo, la notte dalla pelle blu, punteggiata di stelle. Secondo gli egizi, Nut è la volta celeste e all'alba divora le stelle per poi partorirle nuovamente la notte seguente: per questo viene considerata una dea della nascita e della resurrezione.

Geb e Nut si amarono sin dal principio e la loro unione riempì Ra di gelosia. Il dio solare vietò ai due di stare assieme e ordinò a Shu di intervenire per separarli, e da questa divisione tra cielo e terra si creò lo spazio necessario perché gli esseri viventi potessero abitare il mondo. Nelle raffigurazioni troviamo Nut, il cielo, posta in alto, in posizione inarcata, con mani e piedi posati al suolo ma il resto del corpo sollevato, mentre Geb, la terra, se ne sta sdraiato sotto di lei. In mezzo, a separare i due, troviamo Shu, l'aria. Anche nella cosmologia greca si dovette fare spazio per le creature viventi, separando Urano da Gea, il cielo dalla terra, dando così la possibilità alla stirpe divina di vedere la luce, anche se appare interessante l'inversione dei ruoli che avviene nel mondo egizio: solitamente la terra possiede una connotazione femminile, e il cielo è regno di divinità maschili, mentre in questo caso il cielo è la dea Nut e la terra suo marito Geb.

Ra, offeso da quello che considerava come un tradimento da parte di Nut, gettò su di lei una maledizione, dicendole che in nessuno dei 360 giorni che componevano l'anno egizio avrebbe potuto partorire i figli che aspettava da Geb. La dea, disperata, andò a chiedere consiglio al tre volte saggio Thoth, il quale le disse di non preoccuparsi, in quanto avrebbe architettato uno stratagemma. Si recò dunque da Khonsu, il dio bambino preposto al controllo della luna, che nei tempi antichi veniva utilizzata per misurare il tempo. Khonsu aveva molta stima di Thoth e spesso lo accompagnava nei suoi viaggi, perciò, quando questi lo invitò a fare una partita a *senet*, accettò di buon grado. Questo gioco si svolgeva sopra una scacchiera con trenta caselle, e ciascun giocatore aveva a disposizione sette pedine che dovevano essere portate in fondo al percorso, evitando i pericoli di alcune caselle e recitando preghiere e inni sacri quando era richiesto. Si trattava di una metafora del viaggio delle anime nel Duat, il mondo dei morti, e per questo veniva deposto anche all'interno delle tombe.

Il dio lunare e quello della sapienza si sfidarono dunque nel gioco del *senet*, ma prima d'iniziare, lo scaltro Thoth dichiarò la posta in gioco: "Se vincerò, mi darai una parte del tuo argenteo splendore. Non dovrai preoccuparti, perché ti chiederò solo una minima frazione, appena un settantaduesimo della tua pallida luce. Accetti?" Khonsu era certo di vincere, inoltre la posta in gioco non gli sembrava così eccessiva, quindi lanciò le quattro stanghette di legno, la cui combinazione avrebbe decretato il numero di caselle da far percorrere alle sue pedine, dando inizio alla partita.

Come c'era da aspettarsi, l'astuto Thoth riuscì a battere il giovane avversario e ottenne dunque un settantaduesimo della luce lunare. Questa vincita può sembrare bizzarra, eppure il dio dalla testa d'ibis aveva pensato a tutto. Nell'antico Egitto, così come in moltissime altre culture, il tempo si misurava grazie alle fasi lunari, perciò se Thoth aveva ricevuto una parte del potere di Khonsu, aveva in realtà guadagnato una frazione di tempo. I giorni dell'anno erano 360, e un settantaduesimo di 360 corrisponde esattamente a cinque. Il dio della sapienza aveva ora a disposizione ben cinque giorni in più, e li donò a Nut, perché facesse nascere i figli avuti da Geb, che a causa della maledizione di Ra non potevano nascere in nessuno dei giorni del normale calendario. Da quel momento in poi, l'anno egizio contò 365 giorni, di cui gli ultimi cinque erano considerati al di fuori dell'anno e si chiamavano *epagomeni*, ovvero supplementari, ed erano un periodo di festa, segnando il passaggio all'anno successivo. Nut poté dunque dare alla luce i suoi bambini durante questi giorni fuori dal tempo: il primo giorno nacque Osiride, poi venne Horus l'Antico o Harwer, conosciuto dai greci come Haroeris, dunque Seth, Iside e infine Nefti.

Secondo Plutarco, nel suo trattato *De Iside et Osiride*, i figli di Nut non erano tutti di Geb: Osiride sarebbe stato procreato assieme a Ra, mentre Iside era considerata figlia di Thoth, dal momento che questo dio scaltro e dotato di grandi poteri magici aiutò spesso la dea nel corso delle sue avventure e le insegnò numerosi incantesimi. Talvolta, i figli di Nut e Geb non sono cinque, ma quattro: Horus l'Antico manca all'appello, in quanto numerosi elementi del suo culto si fusero in tempi più recenti con quelli di Horus il Giovane, figlio di Iside e Osiride.

Questi cinque dèi divennero molto importanti all'interno della tradizione egizia, e un mito descrive come Tefnut si adirò, vedendo come i suoi nipoti ottenessero maggior venerazione. La sua rabbia era tale che si tramutò in una feroce leonessa e fuggì verso le regioni nubiane, dove le divinità in forma leonina erano tenute in altissima considerazione. Senza la dea dell'umidità, della pioggia e della rugiada, l'Egitto si ritrovò a dover sopportare una terribile arsura, e sia gli esseri umani che gli animali rischiavano di perire a causa della sete. Tefnut, come anche Sekhmet e altre dee leonine, viene considerata l'Occhio di Ra, e la sua fuga a causa della gelosia si può ricollegare a Wadjet che scoprì di essere stata sostituita da un occhio più debole e argenteo, ovvero la luna. L'indignazione di Tefnut stava mettendo in ginocchio l'intero paese, perciò gli dèi decisero di fare qualcosa per placarla. Il modo in cui ci riuscirono differisce nelle varie fonti: alcune dicono che fu il suo fratello e sposo Shu a rassicurarla e riportarla indietro, dopo averle fatto sbollire la rabbia con un bagno tra le fresche acque del Nilo. Altre chiamano in causa il dio Onuris (o Anhur), probabilmente di origini sudanesi, il cui nome significa "Colui che riporta indietro la Lontana". Questo dio cacciatore, raffigurato con quattro piume sulla testa e armato di lancia, seguì le tracce della leonessa attraverso l'ostile deserto nubiano, e fu in grado di riportare la dea fino in Egitto, dove poi la sposò. In questo caso, non si tratta però di Tefnut, ma della sua versione nubiana Mehit, tuttavia lei e il consorte Onuris vennero in seguito sincretizzati con Tefnut e Shu. Esiste però una leggenda secondo cui sarebbe stato l'astuto dio Thoth a far tornare indietro la dea in grado di restituire all'Egitto la pioggia e l'umidità. In una versione del mito, conservata nel papiro demotico di Leiden, il dio ibis si tramutò in un feroce babbuino e si trovò a combattere contro la dea, che aveva assunto le sembianze di un gatto nubiano, e che lo derise, in quanto si riteneva di gran lunga più potente, mostrando di essere persino in grado di sputare fuoco. Thoth comprese che l'uso della forza in questo caso si sarebbe rivelato inutile, e che il modo migliore per averla vinta era ricorrere alla propria saggezza, raccontando a Tefnut delle storie edificanti, che le dimostrassero che anche il più feroce dei leoni avrebbe fatto meglio ad accettare l'aiuto di coloro che riteneva insignificanti, perché si sarebbero rivelati degli alleati preziosi. "Un giorno, - cominciò a raccontare - un leone stava attraversando il deserto, quando incontrò una pantera gravemente ferita, e le chiese chi fosse stato a ridurla così. Questa lo mise in guardia, avvertendolo di fuggire non appena avesse visto l'uomo apparire in lontananza, perché si trattava dell'animale più pericoloso di tutti. Il fiero leone però non aveva paura, e durante il suo viaggio incontrò numerosi altri animali feriti dai cacciatori o caduti nelle trappole, ma i loro avvertimenti di stare lontano dall'uomo non facevano che accrescere la sua rabbia. Il leone voleva incontrare questo crudele predatore e vendicare i suoi compagni del regno animale, perciò continuò ad avanzare. In quel momento, tra le sue zampe corse un topolino, e il primo istinto del leone fu quello di schiacciarlo, ma il roditore lo pregò di fermarsi. "A cosa ti servirebbe uccidermi? – gli fece notare – Non sono abbastanza grande da sfamarti, però, se mi risparmierai la vita, prometto di aiutarti quando sarai in difficoltà!" Il leone scoppiò a ridere, ritenendo di non aver bisogno dell'aiuto di un topo, comunque ne fu impietosito e lo lasciò andare, dunque riprese a dare la caccia all'uomo. Infine lo trovò, ma le cose non andarono come aveva sperato. Il cacciatore umano riuscì a far cadere il grosso felino nella sua trappola, e lo immobilizzò all'interno di una rete. Non importava quanto il leone desse sfoggio della sua forza, restava imbrigliato tra le maglie, e sarebbe stato inerme all'arrivo del cacciatore, se solo il topolino non si fosse ricordato di lui. Il piccolo alleato si intrufolò lesto nella rete e, grazie ai suoi denti affilati, la rosicchiò fino a liberare il leone, ripagando il debito. Grazie a quel gesto, i due divennero amici, e il topo si sistemò nella folta criniera del leone, dandogli utili consigli su quali zone evitare per stare lontano dall'uomo. La forza del primo e l'astuzia del secondo, assieme, permisero ai due di attraversare indenni il deserto". Tefnut ascoltò questa storia con interesse, tanto che si placò, accettando l'amicizia di Thoth e viaggiando assieme a lui verso casa, proprio come avevano fatto il topo e il leone.

L'Occhio di Horus

L'Occhio di Horus

Tra i tre figli maschi di Nut e Geb s'instaurò subito una forte gelosia, specialmente a causa di Seth, il rosso dio del caos, del deserto e della violenza. Viene raffigurato con una coda a forma di freccia, e dotato di una testa di asino o di formichiere, talvolta riconosciuta invece come il muso di un oritteropo, un animale notturno che vive nell'Africa centrale e meridionale. Gli egittologi non sono concordi sul tipo di animale che ispirò la testa di Seth, e qualcuno ritiene che l'aspetto di questo dio sia volutamente formato da elementi misti e casuali, per rappresentare appieno la sua caoticità. Anche questi dèi sposarono le proprie sorelle: Seth prese in moglie Nefti, la dea dalle grandi ali di falco, mentre Osiride divenne il marito di Iside.

All'inizio Horus l'Antico, divinità ieracocefala, ovvero dalla testa di falco, e spesso raffigurata anche con corpo di leone, governava l'Egitto settentrionale, e la sua città principale era Nekhen, che i greci chiamarono Hierakonpolis, cioè la Città del Falco, mentre Seth regnava al sud, dalla città di Ombos. I due rappresentavano il regno suddiviso in due parti e, nonostante tra loro ci fosse una lotta costante, nessuno riusciva a prevalere sull'altro e le cose si mantenevano in perfetto equilibrio. Horus l'Antico rappresentava le potenze luminose del giorno e dell'ordine, mentre Seth la sua controparte notturna e caotica. Ben presto però il dio del deserto rosso si stancò di quella situazione di stallo e decise che l'intero Egitto dovesse spettare a lui solo. La lotta fratricida si fece molto più serrata e violenta: Seth era noto per la sua imprevedibilità e crudeltà e, durante il combattimento contro Horus, riuscì a strappargli via l'occhio sinistro, scagliandolo poi lontano, dove nessuno sarebbe riuscito a ritrovarlo. In quel momento il cielo notturno divenne completamente buio, perché la luna (che è considerata l'Occhio sinistro del dio solare) era scomparsa, e questo gettò nella disperazione non solo i due combattenti, ma anche chiunque altro stesse guardando il cielo. Horus, sfregiato e accecato dal dolore, passò al contrattacco, colpendo Seth ai testicoli e ferendolo in modo irrimediabile, rendendolo sterile proprio come il deserto di cui era il signore.

La situazione era precipitata al punto che i due tornarono a recuperare le forze tra i propri alleati, Horus senza un occhio e Seth ormai reso sterile. Nell'antico Egitto, non poter avere figli era un disonore, per questo Seth venne considerato il dio dell'arido deserto, dove nulla riesce a crescere. Nonostante avesse subito questa grave ferita al corpo e all'orgoglio, il dio del caos non intendeva arrendersi, ma Horus non poteva permettere che il crudele fratello l'avesse vinta, anche perché, senza l'argentea luna, la notte era divenuta ancor più oscura e terrificante. Era necessario intervenire per riportare la luce e la pace, perciò Horus l'Antico si rivolse al più saggio tra gli dèi, Thoth, e lo implorò di fare qualcosa.

Il dio della conoscenza chiamò quindi a raccolta ventotto divinità, chiedendo di cercare dappertutto l'Occhio di Horus. Il loro numero non è casuale, perché è proprio in ventotto giorni che la Luna completa il suo ciclo di rinascita. Il dio falco intanto aspettava angosciato il ritorno delle divinità dalla loro missione, e venne preso da un grande sconforto quando si accorse che queste erano riuscite a recuperare il suo famoso occhio argentato, ma non certo tutto intero. I pezzi che gli furono tristemente deposti davanti erano ben sessantaquattro, e ormai il dio cominciava a rassegnarsi all'idea di aver perso per sempre l'occhio sinistro.

Thoth però era ottimista e, dopo aver ringraziato gli dèi per aver raccolto tutti quei frammenti, suggerì di mettersi al lavoro per ricomporli. L'Occhio di Horus viene chiamato anche Wadjet, e il suo simbolo è scomponibile in sei geroglifici che ne rappresentano le varie parti e, se messi assieme, lo ricreano per intero. Interessante è il fatto che questi frammenti indichino anche i cinque sensi più uno: la parte sinistra dell'occhio, che misura 1\2, quando si trova da sola rappresenta il senso dell'olfatto, mentre quella destra, 1\16, è l'udito. La pupilla, che consiste in 1\4 del simbolo, naturalmente è collegata alla vista, mentre il sottile sopracciglio (1\8) è il pensiero. I due segmenti che completano il geroglifico, come due linee sotto l'occhio, una verticale, simile a una lacrima, e l'altra obliqua e arricciata all'estremità, rappresentano rispettivamente il tatto (1\64) e il gusto (1/32).

Il Wadjet era utilizzato sia come simbolo di protezione che come unità di misura, ed è interessante notare che, sommando assieme tutte le frazioni, non si ottenga un intero, ma un totale di 63/64. Che fine ha fatto quell'1/64 mancante? Quella minuscola porzione non può essere percepita e tantomeno misurata: rappresenta la magia, elemento mistico e imperscrutabile che il dio Thoth aggiunse ai vari pezzi, per rimettere assieme l'argenteo Occhio di Horus e permettere al dio falco di tornare in battaglia più forte e deciso che mai.

Quando Seth vide che il suo nemico aveva un nuovo occhio, divenne ancor più furioso: il dolore che provava era superato solamente dalla profonda umiliazione ricevuta. I due dèi si scontrarono di nuovo, con rinnovata animosità, ma questa volta fu Horus l'Antico ad averla vinta, sconfiggendo il fratello ed esiliandolo nell'arido deserto, unificando l'Egitto sotto le proprie insegne del falco solare.

Questo mito viene anche associato alle eclissi lunari, che per gli antichi egizi sarebbero il momento in cui

Seth, tramutato in feroce cinghiale, rincorre la luna e la divora, così come in origine l'aveva distrutta, spezzandola in numerosi frammenti ricomposti poi grazie alla magia di Thoth.

OSIRIDE

Osiride

La pace non durò a lungo in Egitto, perché quando Geb, sentendosi vecchio e stanco, decise di abdicare, il titolo di faraone spettò al suo primogenito Osiride. Questi era un dio saggio e benevolo, portatore di stabilità e progresso: si dice infatti che l'agricoltura sia una sua invenzione, prima della quale il popolo egizio doveva ricorrere ai più terribili espedienti pur di procurarsi qualcosa da mangiare, talvolta persino al cannibalismo. Era sposato con la bellissima Iside e la loro felicità non solo rendeva Seth furibondo, ma riempiva di malinconia anche sua moglie Nefti. La dea infatti avrebbe tanto desiderato un matrimonio appagante come quello della sorella, anziché ritrovarsi ad essere la consorte di un dio bellicoso, pieno d'invidia e rabbia, che per di più non poteva darle dei figli. Nefti pianse in silenzio per molto tempo, senza rivelare a nessuno il proprio dolore, ma infine decise di fare qualcosa per rendere la propria vita più sopportabile: avrebbe avuto un bambino.

Essendo la sorella di Iside, le somigliava molto, perciò non fu difficile indossare gli abiti della moglie di Osiride e presentarsi a lui di notte, in un ambiente scarsamente illuminato, portando con sé del vino con il quale ubriacarlo per rendere ancor più confusi i suoi sensi. Il faraone cadde nel tranello e Nefti poté avere il figlio che tanto desiderava: così nacque

Anubi, il cui nome egizio era Anpu, il dio dalla testa di sciacallo, preposto al controllo dell'oltretomba.

Quando si scoprì che Nefti aveva partorito un figlio nonostante suo marito fosse sterile, non fu difficile indovinare quale trucco avesse usato. La sorella e l'imbarazzato Osiride si dimostrarono comprensivi, dopotutto intuivano la sua solitudine e pensavano che la nascita di Anubi avrebbe potuto portarle quel conforto che il marito non era in grado di darle. Seth invece divenne furioso, tanto che Nefti ebbe paura e preferì abbandonare il bambino in un luogo dove nessuno sarebbe riuscito a trovarlo. Iside però non si arrese e, aiutata da fidati segugi, che annusarono il terreno alla ricerca di una traccia del piccolo, lo recuperò e lo crebbe come uno dei propri più promettenti discepoli. Il fatto che Anubi sia stato ritrovato proprio grazie a dei cani alimenta il suo collegamento con questi animali, di cui porta il volto.

Seth ormai viveva nel rancore, e quando Osiride decise di fare un lungo viaggio in tutto l'Egitto, con lo scopo di portare progresso e civiltà alle genti, e stabilì che in sua vece il governo del regno sarebbe spettato a Iside, si sentì ancor più umiliato e messo da parte. "Si è preso mia moglie e ora preferisce lasciare il trono a Iside anziché a me, non posso permettergli di calpestarmi in questo modo!" sibilava, mentre misurava il deserto a grandi passi, pianificando un'azione che potesse mettere fine una volta per tutte al suo disonore. Prima che il fratello partisse, lo invitò a un grande banchetto, durante il quale aveva organizzato festeggiamenti e giochi di ogni tipo. Seth aveva fatto intagliare una grande cassapanca di legno di cedro ed ebano, dalle lavorazioni finissime ed eleganti, che promise in dono a chiunque sarebbe stato in grado di infilarvisi dentro. In molti provarono, ma Seth aveva confidato all'artigiano le precise misure di Osiride, perciò solamente lui sarebbe stato bene accetto dentro la regale cassa. Infatti il dio vi entrò, scoprendo che sembrava fatta apposta per lui, e ridendo annunciò che ora il fratello avrebbe dovuto mantenere la promessa e fargliene dono, ma il sorriso si spense sul suo volto non appena vide Seth avvicinarsi con sguardo fiammeggiante: il momento della vendetta era arrivato.

Senza perdere un solo secondo, Seth si scagliò sul coperchio della cassapanca, sigillando Osiride al suo interno e ordinando ai suoi uomini di portare corde e catene con cui sigillare in modo definitivo quella prigione di legno. Il faraone protestava, urlando e prendendo a calci e pugni il massiccio coperchio, spaventato perché non sentiva più attorno a sé i rumori della festa, e gli sembrava piuttosto di venire trasportato chissà dove. Non gli servì a nulla implorare i servi del fratello di farlo uscire, e infine dovette rassegnarsi a venire sballottato in quella specie di sarcofago, fino a che non udì il costante fragore delle acque, comprendendo che il piano di Seth prevedeva di gettarlo nel Nilo e lasciare che le correnti lo portassero via. La cassa galleggiò tra le onde, venendo sospinta fino al mare, continuando a trattenere il suo inerme prigioniero fino alle coste di Byblos, in Libano. Lì s'incastrò tra le radici di un enorme tamarisco, cresciuto talmente alto e maestoso che persino il re di Byblos lo aveva notato e desiderava abbatterlo per utilizzarlo come pilastro per adornare il suo palazzo.

Nel frattempo, Iside cominciava a preoccuparsi per l'assenza del marito: si era recato al banchetto organizzato da Seth e non era più tornato, perciò intuì che dovesse essergli accaduto qualcosa e si mise alla sua ricerca. Era talmente disperata che persino sua sorella Nefti non se la sentì di lasciarla sola, immaginando che la cassapanca, ora sparita, che il marito aveva fatto confezionare con tanta cura dovesse in qualche modo avere a che fare con l'accaduto. Sapendo che cosa cercare, riuscirono con lunghe peregrinazioni, dopo aver setacciato ogni angolo di terra e di mare, sorvolando le regioni in forma di falchi, a individuare la cassapanca incastrata tra le radici del grande albero di Byblos.

Iside si trasformò in colomba per volare rapida dal suo amato, sperando che fosse ancora vivo dopo i numerosi giorni di prigionia in quell'angusta cassa, e arrivò proprio quando gli uomini del sovrano si stavano avvicinando al tronco del tamarisco, decisi ad abbatterlo. La dea sbatté le ali più forte che poté, temendo che le pesanti asce o il crollo dei massicci rami superiori potessero uccidere Osiride, e si appollaiò proprio sul ramo più vicino agli uomini di Byblos. La presenza di quel candido volatile non allarmò minimamente i presenti, che cominciarono il lavoro per cui erano venuti, abbattendo i rami più alti e segando il tronco dell'albero, decisi a utilizzarne il legname per ornare il palazzo del re. Il sarcofago si era incastrato così fittamente tra le radici e i rami inferiori che, nonostante l'albero venisse rimosso e condotto in città, vi rimase ben nascosto e raggiunse il cortile della residenza reale, mentre Iside controllava il tutto dall'alto, sempre in forma di volatile.

Quando il massiccio portale le si chiuse d'innanzi, dopo il passaggio dell'albero e del suo contenuto segreto, la dea comprese che avrebbe dovuto cambiare stratagemma. Si tramutò dunque in una donna mortale e bussò alle porte del palazzo, chiedendo di essere accolta come dama della regina. Naturalmente, non bastava presentarsi da un giorno all'altro per poter avvicinare la famiglia reale, perciò per il momento Iside venne accettata tra la servitù, ma era decisa a restare ben poco in quella misera condizione. Si dimostrò gentile con tutte le serve, regalando loro cosmetici e unguenti profumati in grado di renderle irresistibili, tanto che ben presto la regina Nemano, sentendo parlare di una misteriosa ancella dispensatrice di magici profumi, desiderò conoscerla.

Iside giunse quindi al cospetto della regina e continuò anche con lei a fingersi una serva capace di produrre unguenti e balsami dalla squisita fragranza, ottenendo la sua amicizia e fiducia. Nemano decise di affidarle le cure del figlioletto appena nato, e la dea, per favorirlo, pensò di celebrare un rituale che lo avrebbe reso immortale. Una notte prese il bimbo dalla culla in cui riposava e lo portò nei giardini, dove accese un fuoco e pronunciò antichi e potenti incantesimi, quindi depose il neonato sulle ceneri ancora ardenti, senza che il piccolo soffrisse e tantomeno si lamentasse. La regina Nemano però non riusciva a dormire e pensò di fare una passeggiata nel giardino, e lì assistette alla terribile scena: la sua ancella favorita stava gettando il suo adorato bambino sulle braci roventi.

Angosciata la raggiunse, strappandole di mano il bimbo. "Mi sono fidata di te e mi ripaghi in questo modo? Volevi uccidere mio figlio!" gridò tra le lacrime, stringendo a sé il principino. Iside cercò di spiegarsi, "Non gli avrei fatto alcun male, guardalo: è sano e salvo. Stavo compiendo un rituale che lo avrebbe reso immortale ma, dal momento che lo hai interrotto, ora tuo figlio morirà come tutti gli altri, quando verrà la sua ora". La regina la guardò con sdegno, "Stai mentendo, sono solo scuse per giustificare la tua orribile azione, ma nessuno potrà risparmiarti. Dirò al re e alle guardie ciò che hai fatto!" A quel punto Iside capì che sarebbe stato inutile fingere, e perciò sciolse l'incantesimo che la mascherava da comune mortale, mostrandosi nella sua reale essenza divina. La regina cadde in ginocchio di fronte alla dea, implorandola di perdonare la sua incredulità e di chiederle qualsiasi cosa avesse desiderato. Iside allora indicò l'alto pilastro ricavato dal tronco di tamarisco, dove ancora si trovava incastrata la cassa contenente suo marito. Nemano non rifiutò e così, con le lacrime agli occhi, Iside poté finalmente mettere le mani sulla cassapanca dove Osiride era stato rinchiuso con l'inganno. Aprendola con attenzione, scoprì che i suoi timori erano fondati: il lungo viaggio prima per fiume e poi per mare, unito agli sballottamenti tra le correnti, doveva aver aperto uno spiraglio nella cassa, facendo entrare l'acqua e provocando la morte del faraone.

Disperata ma non per questo meno orgogliosa, Iside decise di riportare il corpo in Egitto, dove avrebbe ricevuto una degna sepoltura. Nel frattempo, il popolo attendeva con ansia notizie del buon regnante; durante le ricerche di Iside tutti avevano pregato che venisse ritrovato sano e salvo, ma più il tempo passava e più le speranze si affievolivano. Infine la dea fece ritorno con la salma dell'amato marito, facendo piombare l'intero Egitto in una cupa tristezza. Nefti cercava di consolare la sorella e di starle vicina, anche se comprendeva che il suo dolore avrebbe difficilmente trovato una fine. Seth domandò più volte di poter visitare il corpo del fratello defunto, ma Iside non glielo permise, temendo che potesse mettere in atto un'altra delle sue follie, e rimase giorno e notte a vegliare con devozione sul corpo esanime dell'amato. Secondo alcuni miti, fu durante queste lunghe veglie che la dea riuscì a rimanere incinta, anche se Osiride era ormai morto da tempo.

Anche il dio Thoth, come avevano fatto gli altri dèi, si presentò da Iside, ma nei suoi astuti occhi da ibis non si leggeva la mesta rassegnazione che aveva colpito tutti gli altri, bensì un bagliore di speranza. "Con la magia possiamo far tornare Osiride alla vita" spiegò senza troppi preamboli, ottenendo subito la piena approvazione della vedova. "Dimmi solo cosa devo fare!" rispose lei, pronta a tutto pur di riavere il suo adorato consorte. Thoth elencò dunque una serie di balsami e ingredienti di cui avrebbe avuto bisogno, inoltre sarebbe stato necessario coinvolgere anche altre divinità in qualità di assistenti, poiché si trattava di un lavoro lungo e complicato. Iside ascoltò attentamente ogni disposizione, dopodiché tornò a pregare presso il corpo di Osiride, inerme e dalla carnagione verdognola, per annunciargli, anche se per il momento non avrebbe potuto sentirla, che presto si sarebbero riabbracciati. La sua gioia si mutò in orrore quando si accorse che il cadavere era stato trafugato. Seth aveva approfittato del suo colloquio con Thoth per rubarlo e portarlo lontano.

Il dio del caos aveva intuito che il sapiente ibis avesse in mente un piano, e stavolta non gli avrebbe permesso di mettere in atto i suoi incantesimi. Una leggenda racconta di come Seth avesse cercato di avvicinarsi al corpo di Osiride dopo essersi tramutato in giaguaro. Agile e silenzioso come solo i felini riescono ad essere, si avventò sul cadavere per sbranarlo, ma venne intercettato da Anubi, cresciuto da Iside e Osiride, e perciò devoto alla loro causa. Il dio dalla testa di sciacallo allontanò il giaguaro, colpendolo con una torcia e bruciacchiandogli il pelo, ed è per questo motivo che sul manto del grosso felino vi sono delle chiazze nere.

Nonostante la sorveglianza di Anubi, Seth riuscì infine a impossessarsi del corpo e, furioso, lo smembrò in quattordici pezzi che poi sparpagliò per tutto l'Egitto, certo che la sua devota mogliettina non sarebbe stata nuovamente in grado di recuperarli. Una di queste parti, il fallo, cadde nel Nilo e venne divorata da un pesce, il *medjed*, chiamato anche pesce elefante a causa della sua lunga proboscide, perciò, nonostante Iside e tutti i suoi più cari alleati si dessero da fare per ricomporre il corpo di Osiride, non riuscirono mai a trovare anche l'ultimo pezzo.

Dopo una lunga e drammatica ricerca, durante la quale Iside e Nefti setacciarono tutto l'Egitto, sorvolandolo su ali di falco, le tredici parti rinvenute vennero sistemate tutte assieme, e Iside, sempre più sfinita e disperata, chiese al saggio Thoth di aiutarla a fornire finalmente al povero faraone una sepoltura dignitosa. Il dio della conoscenza si apprestò dunque a eseguire il primo rituale di mummificazione di tutti i tempi. Si fece aiutare da Anubi, il dio dei morti, e da quattro altri assistenti, che si dice fossero i figli di Horus l'Antico. Si trattava di Hamset, che si sarebbe occupato di asportare il fegato di Osiride; di Hapi, dalla testa di babbuino, che avrebbe invece preso i polmoni; di Kebehsenef, ieracocefalo, destinato alla rimozione degli intestini, e infine di Duamutef, dalla testa di sciacallo, che si sarebbe preso cura dello stomaco del defunto. Questi quattro abili aiutanti divennero effigi utilizzate in tutti i processi di mummificazione successivi, venendo rappresentati sui vasi canopi, i contenitori in cui erano conservati gli organi interni del faraone.

Quattro dee si sistemarono attorno al sarcofago, proteggendolo nel timore che Seth tornasse a infastidirlo. Costoro erano Iside, Nefti, Neith e sua figlia Serkhet, la dea scorpione in grado di curare ogni veleno. Osiride venne quindi mummificato e pianto da tutto quanto l'Egitto. Gli dèi vennero talmente commossi dalla devozione di Iside e dal modo giusto e benevolo in cui il faraone aveva regnato, che decisero di destinarlo a un ruolo di comando anche nel Duat, il mondo inferiore. Osiride divenne dunque il dio degli inferi, con il compito di giudicare le anime dei morti. Il colore verde della sua pelle e il fatto che sia un dio che muore e risorge lo rendono affine al mondo vegetale. La morte e la rinascita di Osiride infatti rappresentano il ciclo stagionale, quando la natura sembra divenire sterile e senza vita, per poi rifiorire al ritorno della primavera. In alcuni miti, quando Iside riportò in Egitto il corpo senza vita del marito, su di esso spuntarono ventotto spighe (una per ogni giorno del mese lunare), simbolo del suo potere di fertilità, non a caso in questa situazione riuscì anche ad avere un figlio da lei. Secondo altre tradizioni, fu grazie alla magia di Thoth, che riuscì a completare il corpo di Osiride anche dopo che il suo fallo venne smarrito nel Nilo, che Iside poté rimanere incinta.

Lo storico greco Diodoro Siculo importò il mito di Osiride nella sua patria, identificando però Seth con il caotico e terrificante Tifone. Anche nei miti del popolo sumero vi è una grande e orgogliosa dea, di nome Inanna, che perde l'amato sposo Dumuzi a causa della gelosia del fratello. Il dio verrà confinato nell'oltretomba per metà dell'anno, ma è destinato a tornare periodicamente in superficie, divenendo il simbolo della rinascita della natura. Si tratta di un mitema che compare presso numerose tradizioni, ricordando anche la storia della grande dea frigia Cibele e del suo amante Attis, o Afrodite e il bellissimo Adone.

Horus

IL VENDICATORE

DI SUO PADRE

Horus il vendicatore di suo padre

Con la morte di Osiride, Iside sapeva bene di non essere più al sicuro, specialmente ora che il perfido Seth aveva ottenuto ciò che voleva, insediandosi sul trono d'Egitto al posto del fratello scomparso. Inoltre portava in grembo l'erede che era riuscita a concepire grazie a un potente incantesimo, e immaginava che il bimbo non sarebbe stato bene accetto a corte, tra le gelosie e la follia dilagante dello zio.

Il nuovo faraone, Seth, fece rinchiudere sia Iside che la sua alleata più devota, ovvero la sua stessa moglie Nefti, all'interno del palazzo, temendo che potessero nuovamente tramare contro di lui, ma la vedova non poteva rimanere prigioniera troppo a lungo, altrimenti suo figlio sarebbe nato e il perfido Seth lo avrebbe avuto tra le proprie grinfie. Aiutata ancora una volta da Thoth, Iside riuscì a fuggire in mezzo ai canneti, dove dovette cercare un luogo sicuro dove fermarsi, perché sentiva le doglie farsi sempre più vicine.

Nascosta in mezzo alle canne di papiro, in quello che in seguito verrà chiamato "il nido di Horus", Iside partorì il proprio bambino, chiamandolo come il fratello che era riuscito a sconfiggere il perfido Seth tempo prima, sperando che quel nome potesse essergli di buon auspicio: Horus. Il bambino era gracile e malaticcio e la dea temeva di perdere anche l'ultima cosa che le era rimasta al mondo, perciò decise di uscire dal suo nascondiglio nel canneto e di chiedere aiuto agli uomini. Affaticata si mise in marcia, sostenuta dal dio coccodrillo Sobek, che trasportò volentieri il piccolo Horus sul proprio dorso attraverso il Nilo, finché non raggiunsero il villaggio di Buto, e lì Iside e il bambino dovettero proseguire da soli.

La dea però era stremata e preoccupata, sola in mezzo a un mondo ostile, perciò Serkhet, la dea scorpione del veleno e della guarigione, le fece comparire attorno sette scorpioni incaricati di accompagnarla e proteggerla lungo il cammino. Così scortata, Iside raggiunse Buto, dove bussò alla porta di una residenza ricca e accogliente, chiedendo ospitalità per sé e per il proprio bimbo appena nato. La proprietaria aprì la porta, ma subito la richiuse con un sonoro tonfo quando notò i pericolosi scorpioni radunati davanti alla sua casa, gridando malamente a Iside di andarsene. La dea, esausta, rispose che quelle creature non le avrebbero fatto del male ma fu tutto inutile, la porta rimaneva sigillata.

Gli scorpioni, indignati dal modo scortese con cui quella ricca signora aveva negato l'ospitalità a Iside, condensarono il loro veleno in uno di loro, Tefenet, il quale riuscì a introdursi nell'abitazione attraverso una fessura, e da lì s'infiltrò fino alla stanza dove dormiva il figlioletto della padrona di casa. Fece scattare il suo aculeo velenoso, pungendolo con una tale intensità che persino la mobilia della stanza e le lenzuola presero fuoco. Il bimbo cominciò a piangere disperato, e la madre avrebbe voluto accorrere a salvarlo, ma il fuoco le impediva l'ingresso. Presa dal panico, corse fuori a chiedere aiuto, lasciando l'uscio spalancato.

Fu allora che Iside poté finalmente entrare in casa, ma udendo le grida e vedendo il fumo, andò a controllare cosa stesse accadendo, scoprendo ciò che lo scorpione aveva fatto. Sospirò e, per mezzo di uno dei suoi incantesimi, spense le fiamme, avvicinandosi dolcemente al bambino e dicendogli con voce soave che si sarebbe presa cura della sua ferita. Pronunciò il nome di Tefenet, oltre a quelli dei sei scorpioni che avevano instillato in lui il proprio veleno e, grazie alla magia dei nomi, si impadronì del loro potere, rendendo così inoffensiva la puntura. Quando la madre tornò a casa con un seguito di compaesani pronti ad aiutarla, trovò l'incendio sedato e il figlioletto placidamente addormentato, mentre Iside gli accarezzava i capelli con una mano, e con l'altra teneva il piccolo Horus stretto a sé. Si gettò ai suoi piedi, ringraziandola per aver aiutato suo figlio, mentre lei invece si era comportata in modo egoista e crudele, negandole ospitalità. Pregò Iside di restare nella sua casa tutto il tempo che avesse desiderato e si apprestò a prepararle una sostanziosa cena e una comoda stanza dove passare la notte.

La dea non se la sentiva di mettersi in viaggio fintanto che il figlioletto non si fosse messo in forze, pertanto accettò l'ospitalità della ricca signora. Horus era un bimbo malaticcio e più volte fece preoccupare Iside, costringendola a usare i suoi poteri curativi per salvarlo. In una occasione, il piccolo venne morso da un serpente talmente velenoso che neppure gli incantesimi di sua madre furono in grado di guarirlo. Iside chiamò allora Serkhet, la dea scorpione che aveva il potere di togliere il respiro, grazie al suo letale veleno, così come di restituirlo, ma nemmeno lei riuscì a migliorare le condizioni del bambino. Iside era sempre più preoccupata, ma Serkhet le consigliò di non arrendersi: "Chiedi aiuto ad Atum in persona, digli di fermare il percorso della barca solare e di non riprendere il viaggio fino a che tuo figlio non sarà guarito!" Una cosa del genere avrebbe significato un grave sconvolgimento cosmico, perciò il dio sole mandò il sapiente Thoth a risolvere la questione, affinché la barca solare potesse compiere il suo percorso abituale. Il saggio ibis conosceva ogni genere di incantesimo e scongiuro, e grazie a lui il piccolo Horus riprese colore e tornò a sorridere. Nonostante fosse protetto dagli dèi, il bimbo solare si ammalò svariate volte e rischiò persino di annegare nel Nilo, venendo però portato in salvo dal coccodrillo Sobek. Iside però aveva fiducia nel figlio e sapeva che, per il momento, rimanere nascosti tra i mortali era l'unico modo per sfuggire alle ire di Seth.

Quando Horus fu abbastanza grande da camminare per proprio conto, madre e figlio si spostarono ad Abydos, dove il piccolo venne cresciuto e istruito come un principe, apprendendo quello che sarebbe stato il suo destino: doveva divenire *Hor-mentef,* il vendicatore di suo padre, e strappare il trono al perfido zio. Viene solitamente raffigurato come un bimbo, anche per non confonderlo con lo zio Horus l'Antico, con la pettinatura allora in uso per i bambini, ovvero il capo rasato con una treccia sul lato destro, mentre si porta un dito alla bocca con fare infantile. Come divinità della giovinezza è associato anche al sole all'alba. Nella sua forma di fanciullo è chiamato *Heru-pa-khered,* cioè Horus il giovane, che nel sincretismo greco divenne Arpocrate, il dio delle guarigioni poiché sopravvisse al veleno di serpenti e scorpioni. In questi miti, Iside è il prototipo della madre misericordiosa che, per la salvezza del figlioletto, perseguitato e in pericolo di vita a causa del suo retaggio, vaga nel deserto e di villaggio in villaggio, stringendo al seno il bimbo appena nato, chiedendo aiuto a pastori e paesani. L'iconografia di Iside e del piccolo Horus sarà d'ispirazione per quella successiva di Maria che tiene tra le braccia il bambin Gesù.

Gli anni trascorsero, e quando Horus fu cresciuto abbastanza per pretendere il trono che gli spettava, tornò da Seth e gli ingiunse di abdicare e cedergli le due corone dell'Alto e Basso Egitto, ma lo zio naturalmente rifiutò, rischiando di scatenare una nuova terribile guerra, come quella che vi era già stata contro Horus l'Antico. Gli dèi dell'Enneade, ovvero il consiglio dei nove patroni d'Egitto, si riunirono in concilio per concordare una soluzione ed evitare ulteriori spargimenti di sangue, ma non riuscirono a trovare un accordo. Gli dèi più antichi parteggiavano per Seth, conoscendo la sua forza e la sua ferocia, indispensabili per sconfiggere l'oscurità che ogni notte minacciava la barca solare, mentre altri vedevano nel giovane Horus una nuova speranza. La divinità che parlava in modo più appassionato in suo favore era Iside, e non c'è da stupirsi, dal momento che si stava decidendo il futuro di suo figlio. Gli dèi però sostennero che non sarebbero riusciti a discutere in modo equilibrato, avendo tra loro la madre di uno dei contendenti, perciò chiesero a Iside di lasciare le sale dell'Enneade. La dea rifiutò, desiderosa di perorare fino all'ultimo la causa di Horus, tanto che, alla fine, le divinità furono costrette a riunirsi su un'isola raggiungibile solo tramite un viaggio in barca, e pregarono il traghettatore di non far passare Iside. La più devota delle madri non si lasciò fermare da così poco, si tramutò in un'anziana signora che portava con sé un cestello di pietanze e si presentò alla banchina, chiedendo di poter far visita a un pover'uomo che faceva il pastore sull'isola, badando alle bestie e non avendo nulla di che sfamarsi. Il traghettatore fu impietosito da quella anziana benefattrice, inoltre non gli passò neppure per la testa che quella vecchina ricurva e dalle vesti logore potesse essere in realtà la splendida Iside. Quando poi la vecchia gli offrì persino un anello d'oro in cambio della traversata, non ebbe più dubbi e accettò di portarla fin sull'isola.

Una volta arrivata, Iside non si presentò all'Enneade, ben sapendo che l'avrebbero scacciata, invece si tramutò in un'umile ma bellissima fanciulla e andò a fare il bagno nel fiume, proprio quando Seth si trovava nei paraggi. Il dio dai voraci appetiti rimase ammaliato dalle fattezze di quella pastorella e la seguì nel canneto, deciso a sedurla, ma prima lei volle raccontare al dio la sua sventurata storia. "Sembri così potente, ti prego, aiutami! Vivevo con mio marito e mio figlio, prendendomi cura del gregge, ma un uomo malvagio uccise il mio sposo e mi portò via tutto quanto! Ora mio figlio è abbastanza grande per badare alle pecore che erano state di suo padre, ma non può farlo, perché quell'uomo crudele ritiene che gli appartengano di diritto!" spiegò tra le lacrime. Seth, che voleva fare buona impressione sull'avvenente pastorella, si schierò dalla sua parte. "Il gregge deve essere restituito a tuo figlio! Gli spetta, perché era stato di suo padre, e le pretese del suo assassino non valgono nulla!" esclamò, e a quel punto la fanciulla, invece che stringerlo a sé, fece una cosa strana, ovvero si tramutò in uccello e volò sulla cima di una palma, mettendosi a cinguettare: "Seth, ti sei condannato con le tue stesse parole! Hai ammesso anche tu che il trono dell'Egitto spetta a mio figlio, e che tu te ne sei appropriato con la violenza e l'inganno!" Il dio del deserto rosso avvampò d'ira e di vergogna, ma preferì andarsene a grandi passi, ignorando Iside e i suoi trucchetti, consapevole che non sarebbe stata accolta nell'assemblea dell'Enneade, e perciò non avrebbe potuto usare le sue arti per convincere gli altri dèi.

Quando le divinità si riunirono, in assenza di Iside, stabilirono che i due contendenti avrebbero dovuto dimostrare di fronte all'assemblea chi meritasse il trono. Pronunciato il loro verdetto, lasciarono che Seth e Horus decidessero il modo in cui sancire la propria superiorità. Horus stava già pensando a qualche sfida fisica, come ad esempio una gara atletica, dove pensava che avrebbe facilmente battuto lo zio, ben più vecchio di lui. Seth invece sogghignava in maniera inquietante, mentre passava in rassegna numerosi piani malvagi e peccaminosi con cui umiliare in modo definitivo l'arrogante nipote. Non solo quel bimbo viziato portava il nome del suo antico nemico, ma era persino il figlio di Osiride, l'odiato faraone che con tanta fatica era riuscito a togliere di mezzo. Non poteva permettergli di portar via il trono ottenuto dopo anni di aspre contese, ed era pronto a tutto pur di mostrare all'Enneade come quel giovane fosse indegno e meschino. Al tempo degli egizi, l'omosessualità era vista come una debolezza, perciò Seth pianificò di sedurre il nipote e di coprirlo di disonore di fronte all'intera assemblea.

Lo invitò a cena presso il suo ricco palazzo, con il pretesto di voler discutere in modo pacifico, dicendo che in fondo non avevano ancora avuto modo di conoscersi, e non era da escludere che potessero diventare alleati, forse persino buoni amici. Horus ricevette il messaggio e ne fu lusingato: non aveva mai visto lo zio di cui aveva tanto sentito parlare ed era lieto di avere la possibilità di parlamentare con lui faccia a faccia, senza ricorrere alle armi. Cominciò a prepararsi per la serata, indossando i suoi abiti migliori e cospargendosi di unguenti profumati, ma Iside notò i preparativi e cercò di metterlo in guardia: "Non andare da Seth! Non ti basta che abbia già ucciso tuo padre e poi ne abbia smembrato il cadavere? Eppure ti ho raccontato anche di come abbia strappato via senza pietà un occhio allo zio di cui porti il nome! Vuoi finire anche tu mutilato o peggio ancora?"

Horus, come molti giovani dal grande destino, non diede retta alle raccomandazioni di sua madre, immaginando che i due pretendenti al trono d'Egitto dovessero necessariamente incontrarsi al fine di parlamentare: era una cosa da uomini. Si recò dunque all'appuntamento con Seth, trovandolo inaspettatamente cortese e compiacente. Anziché dimostrarsi un litigioso e arrogante rivale, lo zio cercava di accontentarlo in ogni cosa, trattandolo persino con affetto. Horus fino a quel momento aveva vissuto solo con la madre e non comprendeva dove volesse andare a parare Seth con tutte quelle lusinghe, e così cadde ingenuamente nel suo tranello. Seth riuscì a sedurre il nipote ma, prima che potesse spargere su di lui il suo seme, Horus si rese conto che qualcosa di strano stava accadendo e interpose la mano. Lo zio non si accorse di nulla e si addormentò soddisfatto, dando modo al nipote di andarsene, sconvolto da quella strana situazione, e di confidare l'accaduto a Iside.

La dea fissò con indignazione la mano del figlio e, senza attendere un secondo di più, gliela tagliò e la gettò nel Nilo, creandogliene una nuova e non contaminata grazie ai propri incantesimi. Dal momento che Horus la fissava sconcertato, gli ricordò le proprie raccomandazioni: "Tuo zio pianificava di mettere il suo seme dentro il tuo corpo allo scopo di mostrare all'Enneade di averti sottomesso, per fortuna ti sei sottratto in tempo! Ora però dobbiamo pensare a un modo astuto per contrattaccare" decretò. Il giorno seguente, Horus chiese a Seth di cenare nuovamente in sua compagnia, e questi, non sospettando l'inganno, accettò per portare avanti la messinscena iniziata la sera prima. "Quando sono venuto qui per reclamare il trono di mio padre, mi aspettavo di trovare un crudele rivale, invece penso che noi due potremo andare molto d'accordo" disse, porgendo a Seth il suo piatto preferito, ovvero una ciotola di verde e fresca lattuga. Il dio del caos mangiò avidamente e disse al nipote che la controversia tra loro era ormai terminata, l'indomani stesso sarebbero andati di fronte all'Enneade per risolvere la questione.

Il consiglio dei nove era presieduto da Ra, e quando fu il momento di parlare, Seth si rivolse al dio solare: "Sono qui oggi per dimostrarvi la mia superiorità sul giovane Horus. Egli stesso si è sottomesso a me, la prova è il mio seme nel suo corpo!" Gli dèi dell'Enneade bisbigliarono tra loro le proprie opinioni, quindi Ra annunciò che sarebbe stata necessaria una prova: "Farò in modo che la sostanza produca una luminescenza attorno a Horus, così sapremo se dici il vero". L'incantesimo di Ra non produsse alcun effetto sul principe, ma ad illuminarsi fu invece il ventre di Seth. Confuso e allibito, il dio del caos chiese spiegazioni, e Horus fu ben lieto di darle a tutto il concilio riunito: "Mio zio ha cercato di sedurmi, ma sono stato più furbo di lui e ho evitato il tranello, ritorcendogli contro la sua insidiosa idea. Vedo dai tuoi occhi che stai cominciando a capire, caro zio: nella lattuga che ti ho offerto, e che tu hai mangiato con gran soddisfazione, avevo messo il mio seme, e quindi sono io ad averti sottomesso!"

Gli dèi dell'Enneade non riuscirono a trattenere una risata, mentre Seth diveniva sempre più furioso, come se nel suo cuore imperversasse una terribile tempesta di sabbia. "Ra, come puoi permettere che questo ragazzino prenda le redini dell'Egitto? Ti ricordo che ogni notte, quando il grande serpente Apophis minaccia di divorarti, sono io a ricacciarlo indietro, nelle tenebre a cui appartiene! Cosa faresti senza il mio aiuto?" A quel punto gli dèi si zittirono, ricordando il terrore che l'enorme e caotico serpente instillava in loro e comprendendo che Seth, nonostante il suo temperamento aggressivo e invidioso, era pur sempre degno di rispetto. Il dio solare parlò di nuovo, con voce solenne, "Comprendo le tue rimostranze, Seth, eppure non posso negare che il giovane Horus si sia dimostrato scaltro. Ho bisogno di altro tempo per pensare alla questione, mi servono ulteriori prove da esaminare". L'assemblea era in fermento e le divinità non facevano che litigare, schierandosi dalla parte di uno o dell'altro contendente, e Ra doveva ammettere di averne abbastanza. La questione era complicata e lo metteva di malumore, perché Seth era un valido aiuto contro il grande serpente, ma Horus era il legittimo erede di Osiride. Nei giorni che seguirono se ne stette sul suo trono, rimuginando e borbottando cupo, perdendo l'appetito, così come il desiderio di ridere e trascorrere del tempo spensierato con i suoi cari. Fu allora che Hathor, spesso considerata la sua consorte, decise di farlo tornare a sorridere. Si presentò di fronte a lui e, svestita, lo intrattenne con una danza seducente. Grazie alla dea dell'amore, della fecondità e della gioia, Ra tornò di buonumore e fu pronto a riprendere a frequentare le riunioni dell'Enneade.

Intanto, Seth, stanco di tutte quelle inutili discussioni, decise di passare all'azione: "Horus, ti sfido in una prova di forza e resistenza! Trasformiamoci in ippopotami e combattiamo sul fondale del Nilo. Chi di noi riuscirà a rimanere immerso per più tempo sarà il vincitore" esclamò. Horus accettò di buon grado la sfida, non temendo rivali nel combattimento fisico. I due si recarono dunque sulle rive del Nilo e si mutarono in due enormi e possenti ippopotami, affondando del tutto nelle acque limacciose e cominciando a lottare ferocemente. Iside, assai preoccupata per le sorti dell'adorato figlio, assisteva sulla sponda, sussultando e piangendo ad ogni movimento delle acque, pensando spasmodicamente a un modo per offrire il proprio aiuto a Horus. Grazie alla magia degli *hekau*, di cui era esperta, fece comparire un arpione, scagliandolo tra i flutti con tutte le sue forze, ma non prima di aver chiesto all'acuminato oggetto di conficcarsi nelle carni di Seth, il suo antico avversario. L'arma attraversò le correnti, incontrando i due enormi corpi d'ippopotamo intenti a combattere in modo brutale e, non riuscendo a riconoscere quale dei due fosse

Horus e quale Seth, si piantò nel fianco del primo che gli passò accanto. Questi urlò di dolore, "Chi osa interferire nella mia battaglia?" ringhiò, e l'arpione rispose che si trattava di Iside. "Sei forse impazzito? Io sono suo figlio! Staccati subito dal mio corpo e tornatene da dove sei venuto!" ordinò perentorio, e l'arma non poté far altro che tornare in superficie, con la punta sporca di sangue, mentre Horus, svantaggiato dal lancinante dolore al fianco, continuava la sua battaglia con grande coraggio.

La dea non poteva immaginare cosa fosse accaduto nelle profondità del fiume, perciò attese che uno dei due contendenti tornasse in superficie ferito, sperando che si trattasse di Seth, ma trascorsero tre lunghi mesi senza che la battaglia volgesse al termine. Divorata dall'impazienza, decise di utilizzare di nuovo il trucco dell'arpione, e ancora una volta lo scaraventò tra le acque con tutte le sue forze. L'arma ferì stavolta il grosso ippopotamo nero, che ruggì furibondo, facendo udire il suo rauco grido per tutto l'Egitto, "Chi osa cospirare contro la mia vittoria?" e l'arpione fece di nuovo il nome di Iside. "Hai di certo sbagliato bersaglio, – lo rimproverò aspramente Seth – perché io sono suo fratello e di certo non mi farebbe mai del male!" L'arpione, confuso, se ne tornò in superficie, sotto lo sguardo attonito di Horus.

Qualcosa di strano stava succedendo, perché inizialmente era stato lui ad essere colpito, e supponeva che si trattasse di uno sbaglio compiuto dalla sua apprensiva madre, ma ora che l'arpione aveva lasciato in pace anche il suo avversario, non capiva cosa stesse tramando Iside e a che cosa potessero servire tutte quelle intromissioni. Non si rendeva conto che quella battaglia era importante per il suo destino? Lei stessa lo aveva educato perché sconfiggesse Seth e vendicasse la morte di Osiride. Non era normale che sua madre agisse in modo tanto avventato, probabilmente era caduta vittima di qualche stregoneria. Deciso a scoprire cosa stesse accadendo, affiorò in superficie, scorgendo Iside intenta a raccogliere dalla sponda del Nilo l'arpione sporco di sangue. Un attimo dopo, tra bolle e spruzzi d'acqua, comparve anche l'ippopotamo di colore nero, spalancando la gigantesca bocca e ridendo in modo così sguaiato da far tremare tutta la terra. "E così, Horus, sei stato il primo ad uscire. Hai perso la nostra sfida e ora l'Egitto mi appartiene!" Solo allora il ragazzo ricordò i termini della vittoria: non si trattava solo di battere l'avversario in un combattimento, ma anche di restare immersi più a lungo. Era vero, aveva perso, ed era tutta colpa di Iside e del suo arpione. Furibondo, si avvicinò alla madre, colpevole di tutte quelle fastidiose interruzioni, riassumendo la sua forma umana ed estraendo la spada, con la quale la decapitò in un sol colpo. Il corpo di Iside si tramutò in una statua senza testa, e solo allora Horus tornò in sé e inorridì, accorgendosi del crudele atto appena compiuto, spinto dall'ira. Aveva staccato di netto la testa dell'amata madre! *Ra-harakhti*, il dio dei due orizzonti, colui che può vedere ogni cosa, aveva naturalmente osservato la scena da lontano, e subito si precipitò lungo le rive del fiume e domandò cosa fosse accaduto e chi fosse quella statua decapitata. Il colpevole, tra le lacrime, dovette dunque confessare il misfatto, mentre Seth sogghignava, sentendosi già il vincitore della contesa per il trono, ma in quel momento sopraggiunse anche Thoth, il saggio dio dalla testa d'ibis, proponendo una soluzione. "Ormai la testa di Iside è andata perduta, ma possiamo trovargliene una nuova. Dal momento che è una dea portatrice di fertilità e abbondanza, a cui è caro il concetto di maternità, penso che non le dispiacerebbe apparire con una testa di vacca". Detto ciò, il dio utilizzò la sua magia per ridare la vita alla dea, ed è per questo motivo che, talvolta, la troviamo rappresentata con una testa di vacca.

Secondo gli studiosi, questo mito in cui il giovane Horus aggredisce la madre che aveva solamente cercato, seppur in modo goffo, di aiutarlo, vorrebbe spiegare la fusione che avvenne tra le due principali dee madri egiziane, che produssero l'entità conosciuta come Iside-Hathor. Era infatti quest'ultima a venire solitamente raffigurata con la testa di una vacca ma, al tempo in cui Horus venne assimilato a Ra, anche le donne legate alla loro storia subirono il medesimo processo, in quanto Iside è madre del primo, mentre Hathor è talvolta considerata madre o sposa del secondo.

Nonostante il sapiente dio ibis avesse sistemato le cose, Ra era ancora profondamente adirato con Horus per il suo gesto violento e impulsivo, perciò il giovane figlio di Osiride pensò che sarebbe stato meglio andarsene per qualche tempo, dando così modo agli dèi dell'Enneade di placarsi, e anche a se stesso di riprendersi dal proprio cruento delitto. Solo ed esiliato, il dio vagò nel deserto ribollente, soffrendo la fame e la sete, finché non trovò un'oasi dove poté rinfrescarsi, addormentandosi sfinito all'ombra di una palma. Seth, che non per nulla era il dio del deserto, sapeva dove trovare il rivale, e approfittò del suo profondo sonno per avvicinarsi indisturbato. "Ecco qui colui che osa portare il nome del mio antico nemico! Proprio come accadde molto tempo fa, gli caverò gli occhi!" sghignazzò, compiendo il suo orrido piano e allontanandosi di soppiatto, certo che nessuno lo avesse visto. Non appena Horus si fosse ridestato, si sarebbe accorto di essere cieco, e allora non avrebbe più potuto pretendere il trono d'Egitto.

I disegni di Seth però non si avverarono, perché la dea Hathor, la Signora del Sicomoro, dall'alto della sua dimora tra le montagne del sud aveva visto tutto e decise di correre in aiuto al giovane dio. Prese del latte di gazzella e il bianco succo del sicomoro e li versò sugli occhi ciechi di Horus, ridandogli la vista e la piena salute. "Torna da Seth, - suggerì - ma non più come nemico. Le vostre continue lotte hanno stancato l'Enneade, è ora di farla finita e di vivere in pace!" Horus allora convocò i nove dèi d'Egitto e, dopo aver parlato nuovamente in proprio favore, dichiarandosi l'erede di Osiride, colui che Seth aveva brutalmente assassinato, chiese giustizia, ma quando Ra gli ripeté che doveva dimostrare di meritare il trono, il principe suggerì di fare una gara lungo il fiume ma, anziché usare imbarcazioni normali, si sarebbero serviti di una barca di pietra. "Chi di noi riuscirà a far galleggiare una imbarcazione costruita con pesanti rocce, e ad arrivare al traguardo prima del rivale, avrà vinto!" sancì. I due si recarono dunque sulle montagne, alla ricerca di una grossa pietra in cui scolpire la propria barca; Seth lavorò duramente, ed essendo forte e ben allenato riuscì facilmente nell'impresa. Horus invece non cominciò a scalpellare, bensì tagliò vari giunchi e li unì in fasci, creando in questo modo una normale imbarcazione di legno, e quando fu pronta la coprì di gesso e lanciò su di essa in incantesimo, facendola apparire ruvida e rocciosa.

Il giorno dopo, i due contendenti, accanto alle rispettive imbarcazioni, attesero il segnale dell'Enneade, radunatasi per assistere alla contesa. La barca di Horus galleggiava sulle onde e navigava svelta senza alcuna difficoltà verso il traguardo, mentre quella di Seth, pesante come un macigno, imbarcava acqua sempre più, finché non affondò nel Nilo, mettendo in ridicolo il suo passeggero. L'Enneade rise di quel fallimento plateale, facendo ardere di furia l'animo bellicoso di Seth. Con un balzo fu dietro alla barca di Horus, trasformandosi in un feroce ippopotamo nero, minacciando di morderlo con le enormi mascelle e di schiacciarlo con il poderoso corpo. Il giovane, sentendosi in pericolo, incoccò una freccia e tese l'arco, mirando all'assalitore, ma Ra e gli dèi del consiglio lo fermarono, intimandogli di non fare del male al suo avversario. Horus dovette obbedire, ma proprio non riusciva a sopportare il modo accomodante con cui l'Enneade proteggesse sempre il perfido Seth, quando a lui appariva chiaro che si trattasse di un essere malvagio e aggressivo. Indignato perché, ancora una volta, aveva vinto la sfida senza che Ra gli accordasse poi la corona d'Egitto, continuò a navigare, superando il traguardo e andando oltre, fino a che non raggiunse il delta del Nilo, dove sorgeva la città di Sais, dove da tempi antichissimi si venerava la dea Neith. Si trattava di un'orgogliosa dea guerriera, spesso rappresentata con arco e frecce, patrona non solo della guerra ma anche della giustizia. Come l'Atena dei greci, era anche un'abile tessitrice, e veniva infatti chiamata dai sincretisti l'Atena di Sais. Horus sperava che l'antica e potente Neith si sarebbe schierata dalla sua parte, ed ebbe fortuna. Venne accolto a Sais con tutti gli onori e infine poté spiegare alla dea le proprie vicissitudini, lamentandosi perché l'Enneade non si voleva decidere a proclamarlo vincitore della contesa, anche se aveva dimostrato più volte la propria superiorità sullo zio. Neith decise allora di perorare la causa del giovane, chiedendo all'Enneade di concedere a Horus il trono, ma di trovare un compromesso, non lasciando Seth a mani vuote. "Concediamogli vasti territori e diamogli come spose Astarte e Anath, le seducenti guerriere figlie del dio Sole!" suggerì. Queste due divinità facevano parte di *pantheon* stranieri che vennero assimilati a quello egizio durante il tardo Medio Regno: la prima era una dea connessa all'amore, alla guerra e alla fecondità, conosciuta dai babilonesi come Ishtar, e la seconda era la figlia del dio cananeo El, una vergine guerriera, sorella del dio Baal. Seth provava un grande desiderio per Astarte, e una leggenda del Nuovo Regno racconta un episodio in cui il dio cananeo dei mari Yam chiese un tributo, e venne mandata a consegnarglielo proprio la bella Astarte. Come c'era da aspettarsi, non appena Yam posò gli occhi su di lei, perse ogni interesse per l'oro, i gioielli e le ottime cibarie mandate in offerta, e volle invece tenere Astarte e farne la sua sposa. La fanciulla pianse e chiese aiuto, e Seth non si fece attendere, carico di gelosia e rabbia al punto che si scagliò subito contro Yam, dandogli battaglia.

Nonostante l'offerta di ricevere come spose le due seducenti dee guerriere lo allettasse, Seth non era convinto di ritirare le sue pretese sull'Alto e Basso Regno, e l'Enneade continuava a battibeccare. A quel punto Neith ebbe un'intuizione e sussurrò a Horus: "Perché non ti rivolgi a tuo padre Osiride? Sarà pur vero che ormai non può più camminare nel reame dei vivi, però opera come giudice divino nel Duat, e la sua parola viene tenuta in massima considerazione dagli dèi dell'Enneade". Horus, con speranza rinnovata, parlò di fronte ai nove, affermando che il loro giudizio si stava protraendo troppo a lungo e che perciò avrebbero fatto bene a chiedere consiglio al sapiente Osiride. Thoth e Shu furono d'accordo e scrissero subito una missiva indirizzata al dio che risiedeva nel Duat, domandandogli come porre fine alla disputa tra Seth e il giovane Horus. La risposta non tardò, e si capiva già dalle prime parole, lette dal messaggero, che Osiride era molto arrabbiato: "Perché vi prendete gioco di mio figlio? Non è forse il mio legittimo erede? Dovreste piuttosto trattarlo con rispetto ed essere riconoscenti, dal momento che è grazie a me se esistono l'orzo, il farro, gli altri cereali e il bestiame che danno sostentamento all'intero paese". Ra non apprezzò un simile tono arrogante e dunque ordinò al messo di tornare nel

Duat, riportando a Osiride le sue parole: "Se anche tu non fossi mai esistito, l'orzo e gli altri cereali infine sarebbero germogliati comunque". L'Enneade rimase sorpresa dal modo secco e innervosito con cui Ra aveva risposto, e attesero turbati il ritorno del messaggero, che stavolta era pallido e spaventato mentre ripeteva le parole del giudice dei morti: "Le cose devono apparire molto diverse, viste dalla luce del sole in cui vivete, al sicuro nei vostri bei palazzi. Io invece dimoro nell'oltretomba, in mezzo ad anime selvagge e ululanti, che non temono né uomini e tantomeno dèi; forse dovrei sciogliere i loro legami e lasciare che invadano il vostro mondo, in modo da scoprire se sarete in grado di tenerle a bada così come ci riesco io. Forse, così facendo, potrete vedere le cose anche dal mio punto di vista, o magari non ce ne sarà bisogno e darete a mio figlio ciò che gli spetta di diritto". Un silenzio glaciale pervase il salone dell'Enneade, mentre gli dèi si guardavano l'un l'altro, spaventati. Infine Thoth fece udire la sua voce solenne, "Osiride ha ragione: egli è il dio più grande e potente, perciò dobbiamo incoronare suo figlio!" Geb, il dio della terra, non era d'accordo, "E che ne sarà di Seth? Chi ci proteggerà dal terribile Apophis ogni notte? Non possiamo dimenticare i suoi servigi e perciò la cosa più giusta è dividere il regno in due parti: ad Horus verrà dato il regno del nord e a suo zio quello del sud!" Numerose divinità approvarono questo compromesso, ma Seth stringeva i pugni e le vene del suo corpo erano gonfie di furore: "Lasciate che combatta contro di lui un'ultima volta! Il regno non può essere diviso! Il vincitore si prenderà tutto e il perdente sarà suo prigioniero!"

I due eterni rivali, nel giorno stabilito, s'incontrarono su un'isola, dove la loro battaglia infuriò come una tempesta. La sabbia del deserto s'increspava sotto i colpi feroci dei contendenti: Seth si batteva con una forza inarrestabile, impugnando la sua mazza con incisa una testa animale, talmente pesante che solo lui era in grado di sollevare da terra, mentre Horus si muoveva in modo fluido e controllato, schivando gli attacchi e preparandosi a colpire a propria volta. La loro lotta per il trono era durata ottant'anni esatti, quando infine il figlio di Osiride riuscì a sconfiggere lo zio in battaglia e a ridurlo in catene. Nelle varianti in cui Horus l'Antico non è presente, ma si trova fuso con il giovane figlio di Iside, è a questo punto che avviene lo scontro in cui Horus sarà ferito all'occhio e Seth ai testicoli. Secondo alcuni miti, il dio sconfitto venne imprigionato tra le stelle dell'Orsa Maggiore, mentre *Hor-mentef*, Horus il Vendicatore di suo padre, divenne il faraone del regno unificato d'Egitto, portando sul capo sia la corona bianca del nord che quella rossa del sud.

THOTH

IL TRE VOLTE GRANDE

Thoth il tre volte grande

Thoth, il dio dalla testa d'ibis che compare spesso come portatore di equilibrio e di saggi consigli, è una divinità assai particolare. Viene associato alla luna, in quanto il lungo becco arcuato dell'ibis somiglia a una falce lunare, e anche perché fu proprio lui, come abbiamo visto, a creare il calendario di 365 giorni, battendo Khonsu, il dio lunare, nel gioco del *senet*, prendendo una parte dei suoi poteri di misuratore del tempo, e talvolta lo troviamo infatti raffigurato con una falce di luna sulla testa. Secondo Eliano, l'ibis avrebbe covato le proprie uova per un periodo di ventotto giorni, prima che si schiudessero, e anche questo numero è collegato al ciclo lunare. Thoth veniva venerato specialmente nella città di Khnum (chiamata dai greci Hermopolis, a causa della sua identificazione con il dio Hermes), dove si diceva che fosse il più grande degli dèi, persino più di Ra, in quanto quest'ultimo era pur sempre nato da un uovo deposto da Thoth nell'oceano primordiale.

Thoth avrebbe dunque creato il mondo intero grazie al suono della sua voce, e nell'armonia della sua prima canzone sarebbero nati anche gli dèi dell'Ogdoade di Hermopolis, otto divinità suddivise in coppie divine, dove i quattro maschi erano in forma di rana e le femmine in forma di serpente, e che rappresentavano ciascuna un concetto misterioso, relativo alla creazione. Nun e Nunhet erano la coppia del caos primevo, relativo alle acque del primo oceano, Huh e Huhet del tempo infinito, Kek e Kekhet dell'oscurità, e infine Amon e Amanutet personificavano ciò che è invisibile e nascosto. Dopo la creazione, tutte queste coppie si ritirarono e compaiono assai di rado nelle fonti, ad eccezione di Amon, il dio ariete che in seguito si fonderà con quello solare.

I sapienti greci stabilirono una connessione tra Thoth ed Hermes, entrambi dèi della conoscenza e della medicina, che si fusero creando la leggendaria figura di Hermes Trismegisto, il tre volte grande, epiteto che fino ad allora apparteneva al dio ibis. La moglie di Thoth era Seshat, dea della storia e della scrittura, che lo aiutava a prendersi cura dell'immensa biblioteca degli dèi, che conteneva tutto lo scibile relativo alla terra e ai cieli, mentre, nelle profondità del Duat, la sua sposa era Maat, dea legata alla giustizia e all'ordine cosmico. Era infatti nelle sue sale, chiamate Maaty, che Thoth, con l'assistenza di Anubi, era chiamato a giudicare le anime dei morti servendosi di una bilancia: su un piatto veniva sistemato il cuore del defunto e sull'altro una candida piuma, rappresentazione di Maat, che personificava l'ordine e la verità. Tale procedimento viene descritto nel *Libro dei Morti*, che secondo alcune tradizioni sarebbe stato scritto proprio da Thoth, dove si racconta quanto avviene dopo la morte. Le anime, secondo tale testo, sarebbero state accompagnate da Anubi nelle aule di Maat, chiamate Sale delle Due Verità, dov'era radunato il tribunale di Osiride. Qui il dio dalla testa di sciacallo avrebbe sistemato il cuore del defunto sulla bilancia, ponendo come contrappeso una piuma di Maat. Il compito di Thoth sarebbe stato quello di trascrivere sulle sue tavole il peso esatto, mentre l'anima recitava una confessione di fronte ai giudici capeggiati da Osiride, ammettendo di non aver commesso omicidio, furto o altre azioni malvagie. Infine, se l'anima apparteneva a una persona giusta e buona, il cuore non sarebbe stato più pesante della piuma della verità, perciò lo spirito avrebbe potuto recarsi nei felici campi Aaru, dove avrebbe rincontrato i propri cari. Nel caso in cui la piuma non fosse stata superata in leggerezza, il defunto sarebbe stato giudicato indegno, e in tal caso il suo cuore sarebbe finito in pasto alla spaventosa dea Ammit, chiamata anche la Divoratrice, dalla testa di leone e coccodrillo, e il corpo d'ippopotamo. Talvolta Thoth, mentre svolge le sue mansioni nel Duat, viene raffigurato come un babbuino, animale notturno dotato di una spiccata intelligenza.

La parte dell'anima che si presentava di fronte alla bilancia del dio Anubi era il *khaibit*, l'ombra del defunto, un suo sostituto nel Duat. Gli egizi avevano infatti un concetto di anima affascinante e complesso, e spesso per descriverlo ci mancano i termini adatti, in quanto non possediamo niente di simile nella nostra tradizione moderna. Ciascuno, sin dal momento della nascita, possedeva un *ka*, ovvero un proprio doppio, e spesso quando il dio ariete Khnum viene raffigurato nell'atto di creare un essere umano dall'argilla, forma anche il suo *ka*, che è identico, e talvolta poco più piccolo. Questa forza rimane legata al corpo, pertanto anche dopo la morte resterà nei pressi del sarcofago, e possiamo comprendere grazie a questo concetto la grande importanza della mummificazione: sapendo che, se il corpo non si sarebbe mantenuto integro, non ci sarebbe stata alcuna resurrezione, diveniva di vitale importanza conservarlo nel modo migliore possibile. Il plurale *kau* rappresenta invece i desideri, perciò si tratta di un principio che guida e muove il corpo, sulla spinta di perseguire scopi e soddisfare desideri. La parte di anima che invece vola via dopo la morte, in forma di uccello dotato di testa umana, è chiamata *ba*, e può sopravvivere anche lontana dal corpo. La costellazione di Orione, che gli egizi chiamavano Sah, era considerata il *ba* di Osiride. Nei tempi antichi, si riteneva infatti che i defunti divenissero stelle, e per questo Nut, la dea del cielo, era chiamata anche Colei dai mille *bau*. Il *khaibit*, l'ombra che andava a presentarsi di fronte al tribunale dell'oltretomba, era un sostituto del *ba*, la sua proiezione nel Duat. Infine vi era l'*ankh*, rappresentata in forma di croce ansata, e talvolta di ibis, che costituiva l'energia vitale di un individuo, e che pertanto veniva meno con la morte.

Tornando a Thoth, questo dio delle scienze, della medicina e talvolta anche delle arti, viene ricordato specialmente per la sua più famosa invenzione: la scrittura. Platone ci parla di come Theuth (un altro modo di chiamare Thoth) si fosse recato un giorno dal faraone Thamus, sottoponendogli con orgoglio ciò che voleva insegnare a tutti gli uomini. Parlò dell'utilità dei numeri e del calcolo, della geometria e dell'astronomia, e infine giunse ad elencare i benefici che la scrittura avrebbe apportato all'intero genere umano, "Grazie a questa nuova invenzione, si accresceranno negli egiziani la sapienza e la capacità di ricordare!" Il faraone però non era d'accordo e obbiettò: "In questo modo gli egiziani perderanno la capacità di ricordare anziché accrescerla! Si fideranno solo di segni esterni anziché cercare la verità dentro di sé. Diverranno portatori di opinioni invece che veri sapienti!"

Nonostante il parere negativo del faraone Thamus, gli egizi conservavano numerose pergamene all'interno dei luoghi sacri, e attribuivano gran parte dei testi al dio ibis. Si parla anche di un mitico Libro di Thoth, che viene spesso citato ma che non è mai stato rinvenuto: la leggenda vuole che contenga potentissimi incantesimi in grado di trasformare chiunque in un'inarrestabile entità magica, capace di sovrastare persino gli stessi dèi. Un papiro demotico ci racconta la misteriosa storia del famigerato Libro. Thoth, preoccupato di aver scritto un testo troppo pericoloso per il genere umano, decise di nasconderlo in un baule contenuto in una serie di altri bauli di materiale diverso (il primo era di ferro, il secondo d'ottone, il terzo di legno, il quarto d'ebano e avorio, il quinto d'argento e l'ultimo, infine, era d'oro) chiusi con numerose serrature, alcuni dei quali vennero riempiti di velenosissimi serpenti; infine il tutto venne gettato nel Nilo, dove affondò, portando con sé i propri segreti. Il principe Neferkaptah però lo ritrovò, seguendo le indicazioni di un sacerdote di Ptah che ricompensò profumatamente, quindi riuscì ad aprire tutti i lucchetti e a disfarsi dei pericolosi rettili guardiani, divenendo il possessore del libro che avrebbe potuto offrirgli un immenso potere. Non appena lo ebbe tra le mani, lo copiò su un papiro nuovo, quindi lo sciolse nella birra e lo bevve avidamente, assorbendo così la magia contenuta nel fantomatico testo. Thoth, adirato perché qualcuno aveva osato impadronirsi del libro che aveva nascosto con tanta cura, mandò una maledizione sul principe, e ben presto sia la moglie che il figlioletto di Neferkaptah caddero nel Nilo e persero la vita. Disperato, il principe si accorse che nemmeno tutto il potere di questo mondo sarebbe stato in grado di rendergli la felicità, quindi lasciò che le acque trascinassero anche il suo corpo verso il fondale. Il libro continuò a viaggiare a bordo della barca, ma quando l'equipaggio scoprì che il principe non era a bordo, iniziò a cercarlo dappertutto. Infine il suo corpo galleggiante venne rinvenuto e mummificato, sepolto quindi a Memphis assieme al libro che ne aveva decretato la fine.

Molto tempo dopo, il figlio del faraone Ramesse II, chiamato Khaemweset ma noto in questa storia come Setne Khamwas, sacerdote del dio Ptah presso il tempio di Memphis, scoprì la leggenda del Libro di Thoth sepolto assieme all'antico principe, e riuscì a introdursi furtivamente nella tomba di Neferkaptah, dove però trovò di guardia il suo fantasma. Lo spirito non voleva che il libro venisse portato via, anche perché su di esso gravava una terribile maledizione, e raccontò a Setne in che modo la sua intera famiglia fosse perita tra le acque del Nilo. Il sacerdote però non si lasciò intimorire e fu pronto a sfidare Neferkaptah al gioco del *senet*, per decidere chi avrebbe dovuto tenere il libro. Il fantasma non rispettò le regole, e recitò un incantesimo che fece sprofondare il suo avversario nel terreno, quindi afferrò la scacchiera e, rovesciandone i pezzi in ogni direzione, la usò per colpire Setne sulla testa. Del sacerdote ormai restava visibile solo la testa, ma gli fu sufficiente per chiamare aiuto con tutta la voce che aveva in corpo, pregando il fratello di portargli i suoi libri di magia e l'amuleto di Ptah, per bandire quel pericoloso spirito. Grazie al potere del talismano, Setne riuscì non solo a liberarsi, ma anche a impadronirsi del Libro di Thoth e fuggire via, desideroso di apprenderne gli oscuri segreti. Non aveva però prestato la dovuta attenzione alle parole di Neferkaptah, specialmente alla parte che riguardava la maledizione.

Tornato al tempio, apprese le arti magiche di Thoth e per qualche tempo si sentì l'uomo più potente dell'intero Egitto, ma tutto quel potere gli parve di colpo insignificante, quando si trovò di fronte alla più seducente fanciulla che avesse mai visto. Si trattava di Tabubu, la figlia del sommo sacerdote della dea Bast, e Setne ne fu ammaliato al punto da compiere tutte le cose orribili che l'avvenente seduttrice gli sussurrò all'orecchio, pur di compiacerla. Setne le consegnò tutti i propri beni, e arrivò persino a uccidere con le proprie mani gli adorati figli e ad offendere pubblicamente il faraone, che quindi spedì guardie in tutto il paese con l'ordine di trovarlo e ucciderlo. "Non avrei mai dovuto prendere questo libro! Sono caduto vittima della sua maledizione!" pianse amaramente, anche se ormai era troppo tardi: aveva le mani ancora sporche del sangue dei suoi figli, e i soldati del faraone stavano giungendo, poteva sentirne i passi.

In quel momento, Setne riaprì gli occhi annebbiati dal pianto e si accorse di non trovarsi più in città, nascosto nell'abitazione dove sperava di sfuggire alle guardie, bensì nell'oscura tomba di Neferkaptah, dove tutto aveva avuto inizio. La mummia dell'antico principe era ritta di fronte a lui, maestosa nei suoi paramenti funebri: "Rendimi il libro, altrimenti la visione di cui sei stato vittima si avvererà! La conoscenza del dio Thoth non è fatta per gli uomini ma solo per gli dèi". Setne pianse di gioia quando scoprì che il suo orribile destino poteva essere scongiurato e che quegli ultimi orribili giorni erano stati solamente un'illusione. Senza pensarci due volte, restituì il Libro di Thoth alla mummia, che ricordò con amarezza la propria storia. "Per fortuna sei riuscito a fermarti in tempo, io invece sono stato troppo avventato e, a causa della mia sete di potere, mia moglie e mio figlio sono stati uccisi dalla maledizione. Come vorrei che potessero riposare con me per sempre". Setne volle ringraziare Neferkaptah, che lo aveva messo in guardia da un'atroce fine, perciò andò alla ricerca delle spoglie della moglie e del figlioletto, sistemandole assieme a lui, dove sarebbero rimaste a custodire il libro per l'eternità. Anche i testi del misterioso Hermes Trismegisto fecero molto parlare di sé, specialmente durante il Rinascimento. La dottrina ermetica, che tratta di argomenti filosofici, alchemici, astrologici e occulti, prende il nome proprio dalla figura che i greci crearono a partire da Thoth. La mitica Tavola di Smeraldo sarebbe stata scritta proprio da lui, utilizzando la punta di un diamante su una lastra smeraldina. Sul suo conto si intrecciano numerose leggende, alcune delle quali hanno a che fare con personaggi del calibro di Alessandro il Grande, Apollonio di Tiana e persino il biblico Abramo. Patrono della scrittura, consigliere di Ra nel mondo dei vivi e di Osiride in quello dei defunti, a Thoth si attribuivano numerosi testi occulti, tutti circondati da un alone di leggenda. Il suo compito era quello di preservare l'ordine e l'equilibrio, e non solo i posteri, ma persino gli antichi egizi, cercavano di riscoprire il suo immenso sapere, riservato solo a pochi eletti.

Nel *Papiro di Westcar*, conosciuto anche come I Racconti dei Maghi, viene narrata la storia del faraone Khufu (che noi conosciamo come Cheope, quello che sarà poi il costruttore della Grande Piramide di Giza), alla disperata ricerca del tempio nascosto di Thoth, dal quale avrebbe voluto carpire la conoscenza per creare una piramide imperitura. Khufu chiamò a raccolta i suoi tre figli e chiese loro di indagare sulla magia e sui misteriosi personaggi in grado di praticarla, dopodiché li convocò nuovamente a palazzo per rendere conto delle loro scoperte. Il primo a parlare fu Kepher, il quale raccontò di un grande stregone che, scoprendo di essere tradito dalla moglie, pensò di disfarsi dell'odioso amante ricorrendo a un incantesimo. Era venuto a conoscenza del fatto che i due, solitamente, si rinfrescavano nel laghetto vicino all'abitazione dopo i loro appuntamenti amorosi, perciò ordinò a un servitore di gettare nell'acqua una statuetta di cera rappresentante un coccodrillo. Quando fu il momento, quest'ultima prese vita, trasformandosi in un coccodrillo vero e proprio, e anche molto arrabbiato. La bestia si avventò sullo sbigottito amante, serrandolo tra le fauci e portandolo con sé sul fondale. Lo stregone, che si chiamava Webaoner, non voleva però risultare un assassino agli occhi del faraone, perciò lo invitò nei pressi dello specchio d'acqua, e Nebka si presentò all'incontro sette giorni dopo. A quel punto Webaoner gli raccontò del tradimento che aveva subito, e richiamò il coccodrillo, che subito riaffiorò dalle profondità, stringendo ancora l'amante della moglie, miracolosamente ancora vivo. Webaoner si avvicinò all'enorme alligatore, tendendo le mani verso di lui e tramutandolo di nuovo in una statuina di cera. Il faraone Nebka ascoltò le testimonianze di entrambi, e quindi emise il proprio verdetto: "Il coccodrillo deve avere ciò che gli spetta!" A quel punto lo stregone gettò a terra la statua, che riprese le sembianze del coccodrillo e, afferrata la sua vittima, si rinabissò e non fu mai più avvistato. Anche la moglie venne punita: fu giustiziata e le sue ceneri vennero sparse proprio nel laghetto dove aveva consumato il suo adulterio.

Il racconto successivo venne invece narrato da Bau-ef-Ra, e riguardava il faraone Snefru, padre di Khufu, che un giorno era davvero annoiato e chiese al sacerdote Djadja-em-Ankh di organizzare qualcosa per divertirlo. Questi radunò numerose fanciulle di bell'aspetto, le rivestì di abiti fatti di rete, in modo che le loro forme seducenti restassero semiscoperte, e le invitò su una barca assieme al faraone. Mentre l'imbarcazione avanzava sulle acque del Nilo, Snefru si rallegrava dei canti delle ragazze, oltre che alla vista dei loro corpi avvenenti. Durante la traversata, però, una delle ragazze perse tra i flutti un amuleto che portava tra i capelli, e cominciò a piangere disperata, non volendo saperne di continuare a navigare (e questo probabilmente perché si trattava di un talismano contro l'annegamento). Quel piccolo incidente rischiava di rovinare la piacevole traversata al faraone, perciò il sacerdote compì un grande prodigio, facendo spostare le acque del fiume prima tutte da un lato, e poi dall'altro, in modo da individuare e raccogliere il talismano dal fondale. Quando la fanciulla tornò in possesso del suo amuleto, la navigazione continuò senza intoppi, e quella sera si celebrò una grande festa in onore di Djadja-em-Ankh.

L'ultimo a parlare fu Hor-de-Def, il quale ammise di essere al corrente delle vicende di uno stregone, ancora vivo, chiamato Djedi, capace di riattaccare la testa agli animali, di domare anche le bestie più feroci e di fare altri prodigi, il tutto grazie all'aver scoperto dove si trovava la camera segreta del misterioso tempio di Thoth. Finalmente il faraone Khufu, sentendo una storia di suo interesse, decise di convocare a palazzo il misterioso Djedi, sperando di farsi rivelare il segreto. Il mago arrivò al cospetto del re, ma non volle riferirgli l'ubicazione delle misteriose camere del dio ibis, dov'erano raccolti i suoi grandiosi tomi di sapienza, assieme ai progetti per costruire una piramide perfetta: "Questo sapere è destinato al figlio primogenito di Redjedet, la moglie del sacerdote di Ra, in quanto è destinato a divenire il primo di una nuova dinastia, fatta di regnanti giusti e amati dal popolo". Khufu non prese bene questa profezia: stava cercando il tempio di Thoth per erigere una grandiosa tomba per sé e i propri discendenti, e non avrebbe accettato di venire soppiantato dai figli di Redjedet. La donna fu quindi costretta a fuggire per non incorrere nelle ire del faraone, ma Ra mandò Iside, Nefti e Khnum a prendersi cura di lei, aiutandola a partorire in segreto tre bambini. Gli dèi le apparvero in forma di musicisti e artisti girovaghi, e fu Iside stessa a trarre il primo bimbo dal grembo della madre, raccomandandogli: "Non usare tanta forza, Spirito Forte!" In questo modo, la dea aveva decretato il nome del primogenito, che sarà noto come Userkaf, il primo sovrano della quinta Dinastia, il cui nome significa appunto Spirito Forte. Al secondo nato invece disse: "Non calciare il ventre di tua madre!" Quel bimbo sarà poi chiamato Sahure, che significa Favorito da Ra, ma che contiene in sé la parola *sahu*, ovvero calciare. L'ultimo figlio, a cui la dea disse "Non attardarti così tenebroso nel grembo materno!" sarà invece Neferirkare Kakai, e il termine *keku* significa oscurità. Gli dèi, camuffati da musicisti, benedissero i tre neonati, ricevendo come ricompensa tre sacchi traboccanti di buon orzo. I musicisti dunque ripartirono, ma la sera seguente tornarono indietro, con la scusa che una tempesta rallentava la loro partenza e chiedendo nuovamente ospitalità a Redjedet e suo marito. Infine, quando il clima fu favorevole, ripresero il cammino, chiedendo però ai padroni di casa di conservare i loro sacchi d'orzo per qualche tempo, in quanto non volevano essere appesantiti durante il viaggio, ma assicurando che sarebbero tornati a recuperarli. Tempo dopo, Redjedet chiese alla propria ancella di preparare gli ingredienti necessari per fare la birra, ma questa rispose di non avere orzo a sufficienza. In casa erano rimasti solo i tre sacchi destinati ai musicisti, e Redjedet decise di usare quelli, sostituendoli con del nuovo orzo non appena il marito fosse tornato a casa. L'ancella aprì i sacchi e, con gran stupore, udì una musica celestiale, simile a quella di tante divinità in festa, e trovò in mezzo ai cereali tre corone. Chiamò subito la padrona, che da quel segno capì che i suoi tre bambini erano destinati a regnare sull'Egitto, ma i giorni pieni di liete speranze finirono presto, perché l'ancella litigò con la padrona e se ne andò infuriata, promettendo di recarsi al palazzo di Khufu e di rivelare l'ubicazione dei principi che stava cercando. Redjedet attese angosciata che le guardie del faraone venissero a prenderla, ma la crudele ancella non riuscì mai a giungere a destinazione: mentre si dirigeva verso il palazzo reale, si avvicinò al Nilo per prendere un po' d'acqua e un coccodrillo la divorò, salvando così i tre principi da un atroce destino.

Khufu ha la reputazione di essere stato un faraone severo e inflessibile, a tratti anche crudele, e forse per questo la sua ricerca del tempio di Thoth non ebbe esiti positivi. Dopo di lui regnarono quelli che nella leggenda sono i figli della sacerdotessa di Ra: Userkaf, Sahure e Neferirkare Kakai, i primi tre faraoni della quinta dinastia, benedetti dagli dèi e amati del popolo.

Il Demiurgo di Memphis

Il Demiurgo di Memphis

Un altro dio molto importante era Ptah, raffigurato come un uomo dalla pelle verde, reggente l'*ankh*, o croce ansata, simbolo della vita, il *was*, ovvero uno scettro terminante con la testa di un animale dal valore totemico, portatore di potenza e buona sorte, e il *djed*, il pilastro, simbolo di stabilità e, secondo alcune teorie, rappresentazione della spina dorsale del dio Osiride. Ptah era venerato specialmente nella città di Memphis, dov'era considerato il demiurgo, creatore dell'intero mondo, nonché il dio più grande tra tutti.

Nelle varie città egizie erano venerate divinità differenti, solitamente suddivise in una triade composta da una coppia divina e dal loro erede. La triade di Memphis adorava Ptah al fianco della sua sposa Sekhmet, con il figlio Nefertum. Sekhmet viene dipinta come un'agguerrita leonessa, mentre il giovane erede Nefertum è considerato il dio della bellezza, connesso alla delicata fragranza del loto blu del Nilo.

Indubbiamente Ptah è un dio che non si può lasciare da parte, in quanto il nome con cui ora chiamiamo l'Egitto proviene proprio da lui: infatti *hut-ka-ptah* significa La Dimora dello Spirito di Ptah, parola che venne poi traslitterata da greci e latini fino a diventare l'odierno nome che diamo all'Egitto. Gli antichi egizi però usavano anche altri modi per definire la loro patria, uno è *Kemet*, ovvero Terra Nera, riferendosi al limo depositato dal Nilo e distinguendo così l'area fertile e civilizzata dal *Deseret*, il deserto rosso del caotico dio Seth. Veniva utilizzato anche l'appellativo di *Tawy*, ovvero le Due Terre, intendendo l'unione del Basso e dell'Alto Egitto.

Ptah è considerato il creatore increato del mondo, colui che lo plasmò secondo il proprio desiderio. Egli è il prototipo di divino architetto che stabilì le leggi cosmiche e diede una forma alla materia inerte. Secondo alcune leggende non fu però anche il responsabile della nascita della vita, ma lasciò questo compito a Khnum, il dio ariete patrono delle acque, il quale modellò i primi esseri umani dall'argilla, proprio come un vasaio. Era sempre Khnum, secondo alcune tradizioni, a formare il corpo e il *ka* del bimbo nel grembo della madre.

Ptah è connesso alla materia inerte ma fertile, infatti nella forma di *Ptah-tatenen* rappresenta il principio della materia cosmica, fondendosi con Tanen, il dio argilloso delle terre emerse. Patrono della metallurgia e dell'architettura, grazie al suo legame con la materia primordiale alimentò le speculazioni e le teorie di numerosi filosofi e alchimisti. Come protettore dell'Egitto, salvò il regno dall'attacco degli assiri, facendo in modo che gli insetti del deserto sorgessero e divorassero le corde degli archi e le frecce, nonché le giunture di scudi e armature, lasciando gl'invasori disarmati.

Imhotep, un uomo molto importante nella storia dell'Egitto, in quanto è considerato il primo architetto, ingegnere, fisico e medico, divenne talmente famoso da essere divinizzato, assumendo il titolo di Figlio di Ptah. A lui viene attribuita la costruzione della prima piramide, sotto il regno del faraone Djoser. Riconoscibile tra le altre perché, anziché avere una parete liscia e obliqua, è a gradoni, la piramide di Djoser si trova nel complesso funerario di Saqqara.

Il toro Apis, simbolo di forza e fertilità, è considerato l'araldo di Ptah e viene ritenuto anche il suo *ba*. Nell'area intorno a Memphis veniva cercato un toro con determinate caratteristiche che lo avrebbero identificato come il portavoce del demiurgo: doveva essere di colore nero e avere una macchia triangolare bianca sulla fronte, una a forma di ala bianca sulla schiena, una falce di luna crescente sul fianco destro e il marchio dello scarabeo sotto la lingua. Quando veniva trovato un esemplare con queste peculiarità, veniva divinizzato e portato al tempio, diventando il nuovo Apis. Poteva esservene solo uno alla volta, e dopo la morte del precedente, mummificato e sepolto con tutti gli onori, se ne cercava subito uno nuovo. Presso il tempio, Apis era venerato come araldo di

Ptah e dai suoi movimenti i sacerdoti riuscivano a interpretare il volere del demiurgo di Memphis. Non era semplice trovare un toro che fosse provvisto di tutti gli elementi necessari per divenire il prossimo Apis, perciò, quando l'esemplare nasceva, si credeva che sua madre lo avesse partorito venendo fecondata da un raggio di luna o da un fulmine. Le strade allora si riempivano di festeggiamenti che si protraevano anche per numerosi giorni. Erodoto ci narra che, intorno al 500 a.C., gli egiziani vennero sconfitti malamente in battaglia dal re persiano Cambise, ma anziché disperarsi e chiudersi nelle loro case ad affliggersi, questi cominciarono a fare festa. Cambise divenne furioso e indagò sul motivo di tutta quella gioia fuori luogo, scoprendo che il popolo egizio stava festeggiando il ritrovamento del toro Apis. Proprio in quel giorno infausto era infatti nato un vitello con tutte le caratteristiche giuste. Adirato per questa mancanza di rispetto verso la sua eclatante vittoria, che avrebbe dovuto essere accolta da un popolo umile e mesto, il re persiano chiese che questo nuovo dio venisse condotto al suo cospetto. Quando vide che si trattava di un toro, ordinò alle guardie di ucciderlo e di portarlo ai servi affinché venisse cucinato, poiché quella sera aveva voglia di mangiare carne. Con orrore di tutto il popolo egizio, il re conquistatore banchettò con il nuovo Apis, dopodiché si preparò per le prossime campagne militari, con le quali puntava a conquistare

Cartagine. I suoi alleati fenici gli si rivoltarono contro e le sue imprese seguenti fallirono miseramente, conducendolo alla pazzia. Morì in circostanze misteriose, forse a causa di un complotto ordito alle sue spalle. Forse non avrebbe dovuto prendersi gioco dell'araldo di Ptah.

Ptah non era l'unico dio ad avere un toro sacro, considerato sua manifestazione. Il toro Mnevis, di colore nero, era invece l'araldo di Ra, mentre Bukhis, con il corpo bianco e la testa nera, doveva rappresentare il dio Montu, il guerriero dalla testa di falco.

Secondo Manetone, sacerdote e scriba vissuto attorno al 270 a.C., Ptah sarebbe stato il primo dio a governare l'Egitto, avendo Ra come erede al trono. Il nome di questo studioso, conosciuto dai greci come Manethos, significa Prediletto di Thoth, e da lui riceviamo una cronologia dei principali sovrani d'Egitto. Secondo tale raccolta, inizialmente la terra del Nilo sarebbe stata governata da una stirpe di dèi, giunti da molto lontano, che avrebbero regnato per un totale di 12.300 anni, suddivisi in questo modo: Ptah fu il sovrano per i primi 9.000, Ra per i 1.000 seguenti, poi vennero Shu, per 700 anni, e Geb per 500; dunque abbiamo Osiride, che regnò per 450 anni, Seth per 350 e infine Horus per gli ultimi 300. Dopo di loro, Manetone ci informa della comparsa degli dèi della seconda dinastia, che in dodici governarono l'Egitto per 1.570 anni totali, e il primo che inaugurò l'ascesa della nuova stirpe fu Thoth. Seguirono poi trenta semidei per un ammontare di 3.650 anni, dopodiché giunse il momento della cosiddetta Dinastia 0, composta da dieci re mortali che regnarono in un periodo di 350 anni segnati dal caos e dalla guerra. Intorno al 3.100 a.C. salì sul trono il primo faraone unificatore d'Egitto, un uomo di nome Menes, che instaurò la Prima Dinastia a Men-Nefer, l'antico nome di Memphis, riportando l'ordine nel paese.

Notiamo come, similmente agli elenchi dei patriarchi biblici, i primi sovrani sembrano molto più longevi degli ultimi e, a mano a mano che il tempo passa, troviamo regni sempre più brevi, fino a raggiungere quelli di una durata compatibile con la vita umana. Ptah fu il primo a comparire, e si dice che fu proprio il divino architetto a trasformare l'Egitto in un territorio abitabile, costruendo dighe in grado di rendere mansueto il Nilo e sistemando e fertilizzando il terreno paludoso e argilloso. Secondo alcuni studiosi, il nome Ptah in egizio non ha alcun significato, mentre nelle lingue semitiche potrebbe essere tradotto come Colui che dà forma, pertanto si avanza la teoria che Ptah fosse una divinità giunta da oriente.

Sono Khepri al mattino
Ra a mezzodì
Atum alla sera

Sono Khepri al mattino, Ra a mezzodì e Atum alla sera

Il dio egizio più conosciuto è senza dubbio Ra, divinità connessa al sole, raffigurata con una testa di falco sormontata dal disco solare. Era venerato specialmente a Heliopolis, dove presiedeva un'assemblea di nove dèi, l'Enneade, ed era considerato il dio più importante, in quanto personificazione dell'astro portatore di vita e fertilità. Secondo i suoi sacerdoti, egli nacque sorgendo dalla collina limacciosa formatasi nelle acque primordiali di Nun, mentre, stando all'opinione dei seguaci di Ptah, fu il demiurgo di Memphis a creare Ra e tutti gli altri dèi. Questi due importanti personaggi erano in contrasto tra loro, in quanto entrambi si riservavano il titolo di creatori, e si racconta che i loro sacerdoti fossero invidiosi dell'importanza attribuita alla divinità rivale.

Dalle lacrime di Ra ebbe origine il genere umano, che chiama se stesso Il bestiame di Ra, mettendo bene in chiaro il concetto di dipendenza e sottomissione. All'inizio dei tempi, il dio solare si praticò un taglio e dal sangue che ne sgorgò nacquero Hu e Sia, ovvero la Parola e la Percezione. Si dice inoltre che Ra chiamò in essere le cose pronunciandone il nome esatto. Secondo la magia egizia, infatti, conoscere il vero nome di un oggetto o di una persona è indispensabile per averla in proprio potere. Abbiamo visto come Ra, a capo dell'Enneade, non volesse attribuire il trono che era stato di Osiride a suo figlio Horus, continuando a tergiversare e tenendo aperto il conflitto con Seth per ottant'anni: Horus era un dio dagli attributi solari e forse Ra non voleva essere soppiantato dal giovane pretendente. Iside, la madre che tanto si adoperò perché suo figlio potesse avere il titolo che gli spettava, sapeva bene che in Ra avrebbe trovato un potente ostacolo, perciò dovette escogitare un modo per averlo dalla propria parte. Un giorno, Iside chiese al dio solare di poter conferire privatamente con lui circa un'importante questione, e quando furono soli, fece in modo che Ra venisse morso da un velenosissimo serpente. Il dio, spaventato e sofferente, mentre il veleno già si diffondeva nel suo corpo in forma di lunghe strisce rossastre, comprese che sarebbe morto nel giro di pochi minuti e implorò Iside di fare qualcosa. La dea allora mostrò la boccetta che teneva tra le pieghe del vestito: l'antidoto a quel veleno letale. "Ti darò la salvezza a una sola condizione: rivelami il tuo vero nome!" Se l'avesse fatto, Iside sarebbe stata in grado di controllarlo grazie alla magia degli *hekau*, le parole del potere, ma Ra non aveva altra scelta, perché la sostanza mortale si stava diffondendo con una rapidità impressionante. Non ci fu tempo per ragionare, e Ra svelò a Iside il suo vero nome, cadendo in suo potere. Da quel giorno in poi, temette sempre la dea che conosceva il suo segreto, e si mostrò più accondiscendente nei confronti del giovane e promettente Horus.

Una storia simile ha invece come protagonisti Seth e il suo rivale Horus. Proprio come sua madre, anche il giovane dio solare fece in modo che l'avversario venisse morso da un serpente velenoso, ammettendo di poterlo curare solo una volta conosciuto il suo vero nome. Inizialmente Seth provò a ingannarlo, ma perché l'incantesimo avesse effetto, era necessario utilizzare la parola che si riferiva a lui solo. Infine Seth cedette, e Horus poté guarirlo, ma da quel momento in poi lo ebbe in proprio potere.

Ra si fuse con numerose altre divinità, ad esempio con Amun, il dio ariete venerato a Tebe, il cui nome significa Colui che è Nascosto, e che rappresentava una divinità invisibile ma potente, come il vento. Similmente, venne identificato anche con Atum, il cui nome contiene la radice del tutto e del nulla, e che può essere tradotto come Colui che completa. Atum è infatti la manifestazione del sole al tramonto, quando il giorno vede il proprio completamento.

Il sole di mezzogiorno, quando raggiunge il massimo splendore, è associato a Ra nella sua forma di Ra-Harakhti (ovvero Ra è Horus dai due orizzonti), colui che tutto vede e che, come indica anche il nome, è una fusione tra il dio solare e il figlio di Osiride. Infine, quando giunge l'alba e il sole, come una palla infuocata, rotola nel cielo, viene identificato con lo scarabeo Khepri. Tale rappresentazione nasce dal comportamento degli scarabei, i quali spingono con le zampette delle palline di sterco, nelle quali depongono le uova. Khepri è il patrono dell'alba, colui che fa sorgere il sole facendolo rotolare faticosamente fuori dalle tenebre del Duat. Gli egizi, vedendo gli scarabei emergere dalla terra, immaginavano che fossero in grado di generarsi a partire dalla materia inerte, e perciò, come il dio Atum, nascessero da se stessi. Per questo Khepri era emblema della rinascita e della rigenerazione, e pertanto sue effigi erano sistemate nelle tombe, aiutando i defunti nelle sale del giudizio, dove il leggero talismano di Khepri sarebbe stato pesato assieme alla piuma di Maat, al posto del loro cuore.

Atum-Ra è il dio della creazione, colui che sorse dalle acque primordiali di Nun e generò la prima coppia divina: Shu e Tefnut. Quando nacquero, i due finirono negli abissi primevi, avvolti dalla totale oscurità così che Atum-Ra non fu più in grado di vederli, perciò mandò il suo occhio a cercarli, sondando le tenebrose acque di Nun e generando luce per ricondurre a sé i suoi figli. Quando Ra finalmente li rivide, dopo aver creduto a lungo di averli perduti, lacrime di commozione sgorgarono dai suoi occhi luminosi, e da queste ebbero origine i primi uomini. Shu e Tefnut genereranno poi Geb, la terra, e Nut, il cielo, che Ra cercherà di separare, non riuscendo però a impedire ai cinque figli di Nut di venire alla luce nei cinque giorni epagomeni. Dopo aver creato i suoi primi due discendenti, Ra desiderò un luogo dove riposare e, baciando sua figlia Tefnut, fece sorgere dagli abissi di Nun la città di Iunu, che i greci successivamente denomineranno Heliopolis, la Città del Sole.

Quando l'Occhio di Ra tornò dal suo padrone, avendo completato con successo la ricerca dei figli smarriti nelle tenebre, rimase avvilito nello scoprire che, nel frattempo, Ra si era creato un altro occhio per sostituirlo, e si adirò. Il dio solare allora volle concedergli una ricompensa, trasformandolo in cobra e ponendolo sul proprio capo come una corona: così nacque Wadjet, la dea serpente. Spesso viene raffigurata nell'atto di cingere la fronte dei faraoni come simbolo di protezione e rappresenta il Basso Egitto, di cui porta la corona rossa.

Accadde un giorno che Geb, prima di essere incoronato faraone, divenne arrogante e smanioso di potere al punto che cercò di sedurre persino Tefnut, la sua stessa madre. Quando infine ottenne la corona reale, e la tiara formata dal cobra Wadjet gli cinse il capo, la dea serpente subito si animò e con rapidi morsi aggredì il volto del nuovo faraone, ferendolo gravemente. Wadjet protegge la stirpe reale ma è prima di tutto legata al concetto di Maat (giustizia) e perciò dovette punire Geb per il suo atto peccaminoso e portatore di squilibrio. Vi è una leggenda, all'interno del *Libro dei Morti*, che parla di un altro dio indegno della corona d'Egitto che ugualmente se la pose sul capo, e stavolta si tratta di Hershef, dio dalla testa di ariete che, secondo la teologia della città di Herakleopolis, sarebbe nato dal loto sbocciato nei tempi primordiali, divenendo un dio creatore, talvolta descritto anche come votato allo spargimento del sangue dei malvagi e protettore di coloro che meritavano il suo aiuto. Quando si proclamò signore dell'Egitto e gli dèi dovettero, volenti o nolenti, inchinarsi al suo cospetto, Seth ne rimase talmente indignato che, trattenendo la rabbia, non poté evitare che gli uscisse sangue dal naso. Ad ogni modo, Hershef mostrò arroganza, perciò Wadjet gli si rivoltò contro. La corona in forma di serpente infatti gli si strinse attorno alla fronte con una potenza tale che la testa cominciò a deformarglisi, creando un bozzo doloroso e orribile a vedersi. Hershef chiese perdono, e Ra acconsentì a curarlo, praticando un'incisione sul rigonfiamento, dal quale fuoriuscì tanto sangue da formare il lago di Herakleopolis. Il nome Hershef, infatti, significa Colui che emerge dal Lago, mentre in epoca tarda sarà invece traslitterato in Colui che ha grande Forza, forse per questo assimilato al greco Eracle.

Wadjet ha una sorella chiamata Nekhbet: si tratta della dea avvoltoio, e assieme sono chiamate Le due Signore, e rappresentano l'Egitto nella sua interezza. Infatti, come la prima è legata al Basso Egitto, la seconda porta la corona bianca dell'Alto regno. Entrambe sono chiamate a proteggere la stirpe reale e, mentre Wadjet si occupa specialmente del faraone, Nekhbet ha il compito di salvaguardare i bambini e le donne incinte appartenenti alla casata reale. Gli avvoltoi, per gli antichi egizi, erano madri premurose, per questo anche la dea Mut, sposa di Amon nella triade tebana, il cui nome significa Madre, viene rappresentata con le ali di questo uccello. Wadjet e Nekhbet sono raffigurate accanto al faraone per indicare che il suo regno si estende tanto nell'Alto quanto nel Basso Egitto. Durante il viaggio di Ra nel reame dell'ombra, stanno sempre al suo fianco, proteggendolo dai pericoli del Duat.

Così come Ra è il creatore, allo stesso modo potrebbe, se lo volesse, distruggere l'intero mondo. Nel *Libro dei Morti* afferma una cosa del genere, dicendo a Osiride che, nel giorno in cui permetterà alle acque di Nun di inghiottire tutto il creato, non rimarrà nessuno al di fuori di loro due, che continueranno ad esistere sottoforma di serpenti. In questo momento finale, quando la terra tornerà all'acqua e ogni cosa si dissolverà, divenendo fango come era stata in origine, solo Ra e Osiride resteranno, in un incontro tra luce e ombra, nella coincidenza degli opposti che, come serpenti gemelli, si attorciglieranno assieme.

Ogni sera, dopo il tramonto, Atum-Ra deve affrontare un pericoloso viaggio nelle regioni dell'ombra, al termine del quale potrà rinascere e tornare, sospinto da Khepri, in una nuova alba. Durante questo percorso naviga lungo la Via Lattea, considerata alla stregua di un fiume celeste, una controparte del Nilo, su due imbarcazioni: la prima è chiamata *Mandjet*, che può essere evocativamente tradotto come la Barca dei Milioni di Anni, e viene usata durante il giorno, mentre al calar della sera si sposta su *Sektet*, accompagnato da altre divinità che lo aiuteranno a sconfiggere il serpente Apophis e ad affrontare gli ostacoli che vorrebbero impedirgli di sorgere il giorno seguente.

Anche il Nilo, chiamato dagli egizi *Iteru*, ovvero Il Fiume, ha una divinità in cui si identifica. Si tratta di Hapi, da non confondere con uno dei quattro aiutanti di Anubi preposti al rituale dell'imbalsamazione. L'Hapi che personifica le acque del Nilo è un dio paffuto dalla carnagione verde-bluastra, simbolo del potere vegetativo e, nonostante sia un maschio, viene raffigurato con il seno, che sta ad indicare il suo ruolo di portatore di nutrimento a tutto il paese.

La dea dai molti nomi

La dea dai molti nomi

La dea che assume il ruolo di madre feconda è Hathor e, prima che Iside se ne assumesse le funzioni, si trattava della dea più importante del *pantheon* egizio. Diversamente da tutti gli altri dèi, ad eccezione di Bes, che appaiono sempre di profilo, Hathor viene raffigurata di fronte. Si tratta infatti di una delle divinità più antiche e complesse, tanto da venire considerata La dea dai molti nomi, in quanto nel corso dei secoli ha assunto molteplici forme e ancor più numerosi epiteti. Nella sua forma di Madre delle Madri ha l'aspetto di una vacca, patrona della nascita e dell'abbondanza. Personifica la Via Lattea, che secondo gli egizi altro non era che un fiume di latte uscito dalle mammelle della vacca celeste. Uno dei suoi epiteti è Regina delle Stelle, in quanto il suo compleanno veniva celebrato in tutto l'Egitto nel giorno in cui Sopdet (ovvero la stella Sirio) faceva la sua prima comparsa nel cielo notturno, indicando che la piena del Nilo, portatrice di abbondanza, era alle porte. Assume anche il ruolo di divinatrice, interprete dei sogni e conoscitrice del fato di ciascun essere vivente, e in questo aspetto si moltiplica, divenendo Le Sette Hathor, sette vacche sacre, associate alle Pleiadi. Esse erano venerate in sette diverse città: Tebe, Heliopolis, Aphroditopolis, Sinai, Memphis, Herakleopolis e Keset.

I greci tendevano a chiamare le città egizie con nomi legati a divinità del proprio *pantheon* che avessero tratti in comune con quelle venerate in tali luoghi, è il caso di Heliopolis, l'egizia Iunu, dedicata al dio solare, e lo stesso avviene con Aphroditopolis, che anziché essere dedicata alla dea greca dell'amore e della bellezza Afrodite, per gli egizi si chiamava Pr-Hathor, ovvero La Casa di Hathor. Infatti questa grande dea era anche patrona della bellezza, della danza, della gioia e dell'amore. Suoi oggetti votivi erano gli specchi e non di rado anche i cosmetici. Era chiamata Signora della Malachite, ed era proprio con la malachite verde del Sinai che gli egizi si truccavano gli occhi. Il suo nome egizio, *Hwt Hor*, significa il Tempio di Horus, il grembo in cui il sole era nato all'alba dei tempi, talvolta infatti esso viene rappresentato tra le corna della vacca celeste.

Un racconto della XIX Dinastia parla di un faraone che per anni aveva invano desiderato un figlio, e dopo numerose preghiere finalmente venne esaudito. Alla nascita del principino, le Sette Hathor comparvero per decidere il suo destino, e le loro parole non furono concilianti. "Il suo fato lo condurrà alla morte per opera di un cane, di un coccodrillo o di un serpente" decretarono. Il sovrano decise allora di rinchiudere il bambino in un edificio di pietra che fece costruire nel cuore del deserto, in modo da tenerlo lontano da ogni pericolo. Lì il bimbo crebbe, isolato e annoiato, e un giorno vide sulle dune lontane un cacciatore assieme al suo segugio, e insistette per avere a propria volta un cucciolo con cui giocare. Il faraone, impietosito dalla solitudine del figlio, accettò di donargli un cagnolino, ma volle assicurarsi che fosse piccolo e innocuo. Quando fu cresciuto, il principe non ne poté più di quella reclusione, e quando ne scoprì il motivo, lo trovò davvero insensato: "Se si tratta del mio destino, mi troverà anche se mi nascondo qui dentro, perciò preferisco vedere il mondo e avere una vita appagante. In questo modo, quando verrà il mio momento, me ne andrò soddisfatto". Le parole del figlio convinsero il faraone a lasciarlo andare, perciò il ragazzo si mise in viaggio attraverso il deserto, accompagnato dal proprio fedele segugio. Raggiunse un luogo che lo incuriosì, perché attorno a un alto torrione erano radunati numerosi ragazzi della sua età. Si avvicinò e chiese cosa stesse accadendo, e gli risposero che nella torre viveva una splendida principessa, e che sarebbe andata in sposa a chi fosse riuscito a raggiungerla con un solo balzo. I giovani stavano tentando da mesi, ma senza successo. Il principe, per non destare sospetti, si presentò come l'umile figlio di un carrettiere, e non provò nemmeno a saltare fino alla finestra in cima alla torre, perché il calore del deserto e il lungo viaggio gli avevano lasciato i piedi scorticati. Rimase però assieme ai coetanei, godendosi finalmente la compagnia dei propri simili, ma quando fu guarito, volle tentare l'impresa. Inutile dire che riuscì dove tutti gli altri avevano fallito, ottenendo l'amore della principessa, che infine insistette per sposarlo, anche se non era di nobile nascita. Quando i due furono marito e moglie, il principe le confessò la verità sul proprio conto, oltre al fatto di essere destinato a morire per causa di un cane, di un coccodrillo o di un serpente. Lei inorridì e lo implorò di prendere serie precauzioni, a cominciare dal segugio che si portava sempre appresso. "Non mi libererò del cucciolo che mi ha tenuto compagnia durante tutta la mia infanzia! Siamo cresciuti insieme e sono certo che non mi farebbe mai del male!" mise bene in chiaro il principe, ma la moglie continuò a stare in pensiero, e controllava attentamente il marito, per paura che il suo fato si avverasse. Nessuno dei due sapeva che il coccodrillo destinato ad ucciderlo lo aveva seguito sin dal primo giorno in cui si era allontanato da casa, ma che ora si trovava bloccato in uno stagno, invischiato in una lotta quotidiana con uno spirito acquatico. Anche il serpente però era sulle sue tracce, ma per fortuna la moglie aveva preso l'abitudine di mettere sempre due otri piene di vino e birra accanto al marito addormentato, per distrarre eventuali predatori, e fu una scelta saggia, perché quando il velenoso rettile si introdusse nella camera strisciando, anziché mordere il principe, vuotò i due contenitori, restando stordito e dando modo alla moglie di farlo a pezzi. Il giorno dopo, mostrò il corpo del serpente come prova che il suo oscuro destino poteva essere evitato, prendendo le dovute precauzioni, ma il principe non le credette e preferì uscire a caccia, pensando che sarebbe stato bello scampare alla morte violenta che lo attendeva, ma non lo riteneva possibile. Solo un eroe straordinario sarebbe stato in grado di sfuggire al destino pronunciato dalle Sette Hathor. Mentre rifletteva, camminando assieme all'inseparabile segugio, questo cominciò a ringhiare. "Eccomi, sono il tuo destino!" abbaiò con rabbia, cercando di saltare addosso al padrone e sbranarlo. Il principe non riusciva a credere che il suo adorato cucciolo potesse rivoltarglisi contro, ma non ebbe il tempo di stupirsi, perché dovette mettersi a correre, inseguito dal cane che mostrava i denti e rizzava il pelo. Mentre fuggiva, si trovò a costeggiare uno stagno e pensò di gettarsi nell'acqua per depistare il segugio, ma non appena finì tra i flutti, un enorme coccodrillo spalancò le fauci: "Eccomi, sono il tuo destino!" esclamò. Il principe cercò di nuotare il più lontano possibile dall'enorme predatore, e fu allora che lo spirito delle acque intervenne, tenendo a bada la belva. Il coccodrillo decise allora di scendere a patti con la sua vittima, promettendo di non ucciderla, a patto che lo aiutasse a liberarsi di quello spirito che non gli permetteva di lasciare lo stagno. Il principe fu ben lieto di trovare una via d'uscita, e accettò il patto. Non sappiamo come vada a finire questa storia, perché purtroppo il papiro su cui è riportata è danneggiato, tuttavia è plausibile che l'eroe riesca a disfarsi dello spirito e possa dunque sfuggire alle tre creature che avrebbero dovuto condurlo alla morte. La Sette Hathor stabilirono il suo futuro alla nascita, ma non tutti gli uomini sono legati in modo indissolubile ai capricci del fato: alcuni possiedono qualità straordinarie che li rendono artefici del proprio destino.

Hathor è una dea sicura di sé e piena di gioia, l'unica capace di rallegrare Ra e di farlo ridere in modo spontaneo e genuino, anche nei suoi momenti di massimo turbamento. Talvolta è considerata sua moglie e la loro unione è descritta come piena e felice. Nonostante questo carattere allegro e gioviale, non esita a divenire feroce e agguerrita quando si tratta di proteggere il dio solare. Ra regnò per molto tempo come faraone, ma gli anni trascorrevano anche per lui, e cominciava a invecchiare. Il popolo ne era consapevole e non gli portava il dovuto rispetto, prendendosi gioco di lui e scatenando così le sue ire.

Furibondo, il dio sole chiamò in aiuto Hathor, chiedendole di spazzare via gli uomini, dal primo all'ultimo, provocando immani devastazioni. La dea non perse tempo e assunse la forma di una feroce leonessa, conosciuta come Sekhmet, e si abbatté come un uragano sull'inerme genere umano, distruggendo e uccidendo in un'ebbra danza, spargendo al suolo fiumi di sangue. Era talmente inebriata dal suo nuovo ruolo di distruttrice che cominciò a bere il sangue delle sue vittime, divenendo sempre più inarrestabile, al punto che gli stessi dèi cominciarono ad averne timore. Si recarono al cospetto di Ra, chiedendogli di farla smettere, altrimenti l'intero mondo sarebbe stato in pericolo. Il dio solare era rimasto talmente turbato dalla furia scatenata da sua moglie che cominciò a provare pietà per gli uomini e desiderò non aver mai espresso l'ordine di ucciderli tutti. Raggiunse Sekhmet, restando atterrito dalla sua ferocia e parlandole timoroso, chiedendole di placarsi e di tornare la dea gioiosa e serena che era stata in passato. La leonessa però non gli diede retta, era talmente fuori di sé per l'eccitazione della battaglia da non riuscire nemmeno a sentire le parole del marito. Ra tornò a Heliopolis, pensando a un modo per far cessare tutta quella violenza. Per giorni e giorni si arrovellò, finché non ebbe un'idea. Si recò nuovamente da Sekhmet, portando con sé numerose giare piene di un liquido color rosso vivo. "Sarai molto assetata, - le disse – e per questo ti ho portato da bere. So che ultimamente ti piace consumare solamente il sangue delle tue vittime, perciò ho pensato di farti dono di questi vasi riempiti fino all'orlo di sangue fresco". L'attenzione di Sekhmet si focalizzò sulle giare e, con sguardo terribile, si avventò su di esse, bevendone tutto il contenuto in poche sorsate. Non si trattava davvero di sangue, ma di birra a cui Ra aveva aggiunto del succo di melograno o dell'ocra per farle assumere un colore sanguigno. Sekhmet si ubriacò e ben presto non fu più in grado di reggersi in piedi; barcollò e finì a terra, dove si addormentò profondamente. Quando si svegliò, aveva un terribile mal di testa e si sentiva talmente confusa e intontita che non avrebbe proprio potuto riprendere la sua danza di devastazione, e da quel giorno tornò ad essere la dolce e gentile Hathor dei tempi passati.

Il giorno in cui l'umanità venne salvata dalla furia di Sekhmet era ricordato in una celebrazione durante la quale si beveva birra colorata di rosso e si rendeva omaggio alla dea leonina, rivestendone le statue con stoffe vermiglie. Le effigi della sua controparte, Bast, erano invece ricoperte con stoffe verdi. Sekhmet, raffigurata come una donna dalla testa di leonessa, è legata al concetto di forza e potenza, e il suo nome veniva invocato dai guerrieri prima di scendere in battaglia. Bast invece è il suo aspetto benevolo, e infatti la sua iconografia presenta una donna con testa di gatto, spesso circondata da teneri gattini.

Nell'antico Egitto i gatti erano tenuti in grande considerazione, infatti proteggevano il raccolto andando a caccia di topi e insetti e venivano persino addestrati per riportare le prede più piccole durante le battute di caccia. Nel tempio dedicato a Bast, a Bubastis, i felini erano venerati e godevano di un trattamento speciale, alla loro morte venivano persino mummificati. Fare del male a un gatto avrebbe destato le terribili ire della dea.

Hathor e Bast erano talvolta considerate figlie di Ra e mogli di Horus l'Antico o di Ptah, e talvolta invece spose del dio solare Atum-Ra. Erano associate anche a un'altra divinità maschile piuttosto particolare: il grottesco nano Bes. Si tratta di una divinità antichissima che, secondo gli egizi, giunse da un reame lontano, chiamato Punt e considerato il regno degli dèi. Viene rappresentato in modo diverso dagli alti e statuari profili degli altri dèi, infatti è in posizione frontale e ha tozze gambette, braccia lunghe, un volto largo e schiacciato con orecchie prominenti, grandi occhi e persino una coda. Il suo nome, Bes, ci potrebbe ricordare quello di Bast, infatti la parola *besu* in nubiano significa proprio gatto. Secondo alcuni egittologi, questo bizzarro dio non sarebbe un nano, bensì un gatto capace di stare su due zampe. Figura su numerosi amuleti di protezione e su bacchette magiche; gli artisti e i musicisti spesso si tatuavano la sua effige, dal momento che era legato alla danza e alle arti d'intrattenimento. La sua benevolenza però andava specialmente alle donne incinte e ai bambini appena nati e, secondo gli egizi, quando un bimbo sorrideva senza un motivo, era perché il dio Bes, visibile solo a lui, stava facendo buffe smorfie e capriole per divertirlo. Anche nei racconti legati all'infanzia di Horus, Bes offrì spesso la sua protezione al principino e a sua madre Iside.

Talvolta Hathor è considerata anche moglie di Sobek, il dio coccodrillo patrono della città di Shedyet, che i greci, proprio per questo motivo, ribattezzarono Crocodilopolis. Sobek è una divinità particolare: da un lato è un crudele e imprevedibile predatore, figlio di Seth, il dio del caos, dall'altro invece è un dio creatore, sorto dalle acque primordiali di Nun, che depose le sue uova sulle prime sponde limacciose, dando origine al creato. Altre volte viene considerato figlio della dea Neith, così come il serpente Apophis, descritto talvolta come nato dalla saliva dell'antica dea. Essendo il patrono delle acque del Nilo, Sobek era portatore di abbondanza e fertilità nei momenti delle piene, e perciò veniva associato al dio solare Atum-Ra. Nel suo tempio, i coccodrilli erano tenuti in una sacra pozza e nutriti con carne fresca e persino con deliziose torte al miele. Alla loro morte erano mummificati, e ci sono persino tracce di uova perfettamente conservate. Solitamente, la moglie di Sobek è Renenutet, la dea dalla testa di cobra, protettrice dei raccolti, in quanto i serpenti divorano i ratti che li infestano, e dea dell'allattamento. La parola egizia *ren* significa nome, infatti è Renenutet a conferire a ciascun bimbo, nel momento in cui succhia per la prima volta il latte materno, il suo vero nome. Questo nome segreto è molto importante, perché conoscendolo si avrebbe nelle proprie mani il destino di colui che lo porta. La magia egizia sostiene che chiamando le cose o le persone con il loro vero nome sia possibile dominarle. Affinché un'anima viva in eterno, il suo nome deve essere ricordato, ed in questo Renenutet è associata a Shai, il dio del destino. Per questo la dea è importante anche durante il processo di mummificazione, nel quale infonde energie magiche nelle bende, che avvolgeranno la mummia come le spire di un serpente. Talvolta viene dipinta anche con una testa di vacca, mostrando la sua affinità con Hathor, la dea dai molti nomi.

Il Viaggio di Ra

Il viaggio di Ra

La concezione dell'aldilà e del viaggio delle anime dopo la morte è uno dei più complessi e raffinati lasciti della civiltà egizia. Inizialmente, nei *Testi delle Piramidi,* un insieme di formule molto antiche, la vita nell'aldilà era un fatto elitario, destinato ai faraoni e ai nobili di corte, mentre successivamente, nei *Testi dei Sarcofagi,* tutte le anime ebbero la possibilità di raggiungere il Duat, senza distinzioni di ceto o di altro genere. Questa raccolta di inni funebri e formule verrà ripresa poi nel *Libro dei Morti* e in altri testi che raccontano cosa avviene all'anima dopo la morte del corpo o quali sono gli ostacoli che la barca di Ra, su cui viaggia lo spirito del faraone defunto, deve superare ogni notte.

Un ciclo di morte e resurrezione avviene ogni singolo giorno, con la scomparsa del sole, inghiottito nelle tenebre del Duat, che dovrà attraversare varie peripezie per sorgere nuovamente all'alba. Nel *Libro delle Porte* vengono descritte tre diverse credenze: la prima, collegata alla figura di Horus l'Antico, racconta che il faraone, una volta morto, viaggi nelle profondità celesti diventando una stella; la seconda invece afferma che, come Osiride, il faraone attraversi le tenebre del mondo infero; mentre la terza lo fa divenire tutt'uno con il dio sole Ra, unendosi alla sua traversata sulla barca notturna.

Nell'*Amduat*, il libro che tratta Ciò che è nell'aldilà, il viaggio del sole ormai esausto viene suddiviso in dodici ore, ciascuna delle quali è una tappa fondamentale perché il divino astro torni a sorgere il mattino seguente. Nut, la dea dal corpo stellato, ingoia Atum, il disco solare morente, e in tal modo inizia il misterioso percorso della barca di Ra, sulla quale viaggiano numerose divinità, che sanno bene quanto sia importante il processo in corso e sono pronte a fare qualsiasi cosa pur di aiutare il sole a tornare forte, rinvigorendo in questo modo anche se stesse. Durante la prima ora, quando l'oscurità è appena calata sul mondo, la grande imbarcazione viene preparata e gli dèi salgono a bordo, mentre Ra è sempre più pallido e sfinito. Iside e Nefti gli stanno vicino, confortandolo e sostenendolo nelle sue ore più buie.

La barca del dio sole si sposta dunque verso il luogo in cui il fiume Nilo ha le sue radici, ovvero il Duat, l'oltretomba egizio. Da qui entra poi nel Wernes, le Acque di Osiride, dove risiedono i defunti non appartenenti alla stirpe del faraone. Si tratta di un luogo lunare e oscuro, e qui un Ra sempre più esausto concede terra e nutrimento alle anime dei morti, che inneggiano al suo passaggio. Ormai è l'ora quarta e dai flutti del Wernes si passa al deserto di Sokar, dove la barca solare non può navigare attraverso le dune rosse e perciò cambia forma, diventando un enorme serpente che ondeggia sulle sabbie ribollenti di Ra-setjau, o talvolta venendo raffigurata mentre viene trainata grazie a dei rulli attraverso un luogo arido, pieno di pericoli e popolato da serpenti mostruosi e feroci. Ra ormai è talmente stanco da non possedere più nemmeno il minimo bagliore, tanto da divenire invisibile persino agli dèi del suo seguito: è divenuto Sole Nero, appellativo solitamente attribuito a Osiride, il re dei morti. Per riuscire a oltrepassare indenni il deserto di Sokar, sfuggendo ai suoi guardiani striscianti, è necessario conoscere gli *hekau*, gli incantesimi o parole del potere, e per fortuna il dio sole può contare sull'assistenza di due abilissimi incantatori. Il primo è il sapiente Thoth, e l'altro è Heka, il dio della magia, colui che tiene tra le mani i due serpenti gemelli, emblema tuttora utilizzato per rappresentare la scienza medica. Nell'immaginario egizio i serpenti sono creature misteriose, talvolta benevole ma anche assai letali: per avere a che fare con loro è necessaria una grande sapienza, oltre all'oculato uso degli *hekau*.

Nell'ora quinta le tenebre sono ormai ovunque e il sole è definitivamente scomparso; gli occhi di Ra sono spenti ed egli è cieco e invisibile, nessuno può vederlo ma nemmeno lui è in grado di vedere alcunché. Al timone della barca solare vi è Anubi, il dio sciacallo dei morti, il solo che riesca a mantenere la corretta rotta anche in una tale oscurità. Finalmente viene raggiunto il Lago di Fuoco, le cui acque sono fresche e benefiche per coloro che sono benedetti, mentre bruciano come lava per tutti gli altri. Qui si trova una misteriosa caverna, nella quale avverrà il grandioso processo di rigenerazione. Tale luogo è chiamato anche Athanor, termine che nelle lingue semitiche significa fornace, mentre secondo i greci è connesso al dio della morte Thanatos, preceduto da un'alfa privativa, che quindi lo rende capace di vincere la morte stessa. L'alchimia si è sempre interrogata sui misteri di origine egizia, e in tal caso Athanor è la fornace dove la grande opera giunge a compimento: non si tratta però di un processo di fusione e purificazione dei metalli o della materia, ma di una rigenerazione dello spirito. Ormai infatti si avvicina l'ora sesta del viaggio, ovvero la mezzanotte, momento culminante in cui Ra vedrà la propria rinascita.

Iside e Nefti, nella forma di due uccelli, aiutano Ra a raggiungere questa mistica caverna, posta sotto una montagna di terra che sorge dalle acque fiammeggianti del Lago di Fuoco. Essa è protetta da due sfingi o leoni, chiamati Aker, i guardiani dei due orizzonti, i cui nomi sono Sef e Duau, e significano Ieri e Oggi. La caverna di Sokar infatti è un luogo dove il tempo si chiude su se stesso, è la sede dell'eterno ritorno, e viene infatti rappresentata come Neheh, il serpente che si morde la coda. In questo momento si torna allo *zep tapy*, il tempo dell'origine, quello in cui Atum-Ra sorse dalla montagna di limo sopra le acque di Nun. Tutti questi simboli del tempo sono molto importanti perché spiegano come la caverna di Sokar sia un luogo mistico, al di là dello spazio e del tempo.

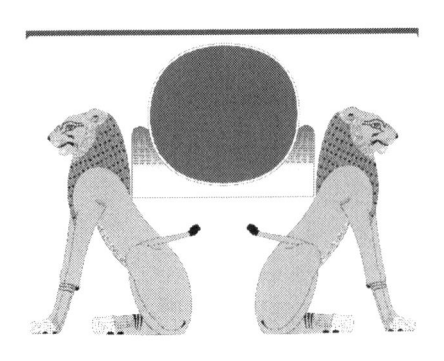

All'interno di questa grotta, che è anche una fornace alchemica e un uovo cosmico, Ra incontra la mummia di Osiride. Qui il *ba* di Ra, ovvero il suo principio di vita e movimento, assume la medesima posizione dell'Osiride morto. Iside lo aiuta, trasformandosi in serpente e sputando calde fiamme che da un lato proteggono il dio sole e dall'altro hanno la funzione di riscaldare l'uovo cosmico e di dare il via al processo di rigenerazione. A questo punto anche Wadjet, la dea cobra, compare al fianco di Ra, e ciò significa che lo ritiene pronto. Le tenebre della caverna vengono improvvisamente pervase da una potente luce, e un tuono fa tremare l'intero Duat: la trasformazione è compiuta! Osiride diviene Sokar, dio dalla testa di falco, e sorge sul dorso di un serpente alato dalle piume multicolori, i cui occhi rischiarano l'intera grotta: questa è la nuova forma di Ra.

Arriva dunque l'ora sesta, la mezzanotte, il momento culmine. Il sole riappare, sorgendo dalla montagna proprio come avvenne all'inizio dei tempi. In questa fase, la fusione tra Ra e Osiride è rappresentata da un uomo con testa di scarabeo: Khepri, il sole rinnovato dell'alba. Thoth il sapiente offre un ibis perché gli occhi di Ra vengano ripristinati, mentre egli torna ad avere il suo antico splendore. Al termine di questo rito di rigenerazione, giunge il momento di affrontare il temibile serpente del caos Apophis (o Apep), definito come il portatore di oscurità e di ogni cataclisma, responsabile della sparizione del sole e sempre impegnato nel tentativo di divorarlo. A questo punto Iside prende il timone della barca solare, mentre il serpente Mehen si attorciglia intorno al corpo di Ra, proteggendolo come uno scudo dal potere del perfido Apophis.

L'enorme rettile beve tutta l'acqua del fiume celeste sul quale gli dèi stanno navigando, talvolta riuscendo persino a divorare la barca solare con tutto il suo equipaggio. Sarà compito del coraggioso e agguerrito Seth combattere il serpente del caos e impedirgli d'impadronirsi del disco solare. Quando Ra viene inghiottito da Apophis, Mehen lo avvolge come un bozzolo protettivo, mentre Seth apre uno squarcio nel ventre del rettile, dal quale usciranno il fiume, la barca e anche le anime innocenti che aveva ingoiato voracemente in precedenza. Talvolta invece è Bast (o Hathor in forma di gatto) a recidere la testa del serpente con un affilato coltello. Al termine di questa grande battaglia, Ra è abbastanza forte da assumersi di nuovo il peso dell'universo, portando ordine e prosperità e rivestendo gli dèi di nuovi abiti, che rappresentano il loro essere ringiovaniti ed aver ritrovato le forze. A questo punto è pronto per viaggiare verso l'alba, facendo dono di pane e birra alle anime defunte che lo acclamano mentre naviga verso oriente.

Horus intanto si adopera per curare l'occhio sinistro di Ra, che rappresenta la luna, mentre Hathor e le sue otto rappresentazioni si preoccupano del destro. Ra approfitta di questo viaggio nel Duat per concedere la pace a coloro che sono morti senza una degna sepoltura, facendoli sprofondare dolcemente nelle acque di Nun, mentre punisce in fosse infuocate coloro che sono stati crudeli ed empi. Quando i suoi occhi sono ripristinati e può aprirli di nuovo in tutto il loro splendore, è pronto per tornare nel mondo sottoforma di Khepri, lo scarabeo che fa rotolare nel cielo la sfera di luce: ormai è la dodicesima ora e la notte è trascorsa, perciò è tempo che il sole sorga di nuovo da oriente.

Questo lungo viaggio attraverso i cieli, con tutti i pericoli che riserva, si ripete ogni singola notte, perciò gli dèi egizi ricoprono un ruolo molto impegnativo, dovendo preparare gl'incantesimi per tenere a bada i serpenti, ricorrendo a trasformazioni, stratagemmi e chiamando in aiuto antiche forze ancestrali pur di permettere al sole morente, nella forma di un Ra sempre più stanco ed evanescente, di rinascere nella forma di Khepri. Iside, Thoth ed Heka hanno il compito di salmodiare le formule magiche per rendere il percorso sicuro, mentre Seth e Bast si occupano del combattimento contro il grande serpente del caos. Ciascun dio ha il proprio ruolo nella battaglia quotidiana contro le tenebre, perciò ognuno di loro, anche il bellicoso Seth, è degno del massimo rispetto perché, senza il suo aiuto, il sole potrebbe venire inesorabilmente divorato da Apophis, lasciando un mondo privo di luce e calore, destinato a perire. Possiamo quindi comprendere perché il viaggio della barca solare, che ricalca quello dell'anima defunta, sia così importante per gli egizi, tanto da essere uno dei motivi più raffigurati nei loro rilievi.

Un racconto appartenente alla XIX Dinastia mette in luce le qualità di Seth, un dio spesso considerato crudele e caotico, ma a cui i faraoni di questa stirpe erano legati. Ramesse II aveva con grandi probabilità i capelli rossi, e il rosso era il colore sacro al possente dio del deserto. Nel papiro Jumilhac, la castrazione di Seth non avviene per opera di Horus, ma di Anubi, e nella città di Saka, Seth compariva in forma di toro che veniva sottoposto a un rituale di castrazione, prendendo il nome di Bata, costretto a portare sul proprio dorso il dio Osiride, forse come punizione per aver osteggiato suo figlio Horus. Queste informazioni ci aiutano a comprendere meglio la storia trascritta dallo scriba Ennana, che ci narra di due fratelli chiamati Anubi e Bata. Il maggiore, Anubi, era sposato e aveva dei terreni dove allevava il bestiame, e Bata viveva con lui, aiutandolo a curare gli animali, di cui riusciva a comprendere il linguaggio, anche se non ne aveva mai fatto parola con nessuno. Grazie a questo dono, Bata era in grado di accudire le vacche come nessun altro, capendo subito quali pascoli erano i migliori o quando gli animali volessero uscire dalla stalla o farvi ritorno. Un giorno, i fratelli si recarono assieme a seminare i campi, ma Anubi notò di non aver portato abbastanza sementi, quindi chiese al più giovane di fare una corsa fino a casa a prenderne delle altre. Bata obbedì, e quando arrivò a destinazione trovò la moglie di Anubi intenta a pettinarsi i capelli. Le chiese di aiutarlo a recuperare altri sacchi di granaglie, ma lei, vedendo l'aitante Bata e i suoi muscoli coperti di sudore, pensò di approfittare di quel momento in cui erano soli. Non appena comprese le intenzioni della donna, Bata inorridì e la pregò di non tentare mai più di tradire suo fratello, quindi raccolse i sacchi necessari per la semina e corse via, ancora turbato. Quella sera,

Anubi tornò a casa per primo, mentre Bata rimase a lavorare nei campi, dal momento che non si sentiva affatto stanco. La moglie, temendo che il fratello del marito potesse raccontare l'accaduto, decise di anticiparlo, facendosi trovare con le vesti stracciate e i capelli scompigliati, affermando che Bata avesse cercato di approfittarsi di lei, trovandola sola in casa. Anubi avvampò di rabbia e impugnò la lancia, restando in attesa del fratello. Ben presto, Bata si incamminò sul sentiero del ritorno, ma le vacche nei recinti circostanti lo misero in guardia. "Vattene più lontano che puoi, tuo fratello ha intenzione di ucciderti!" dissero, mentre chiunque altro non avrebbe inteso altro che semplici muggiti. Bata diede ascolto agli animali, si voltò e prese a fuggire, ma Anubi si era accorto della sua presenza e lo inseguì, brandendo la lancia. "Grande dio Ra, tu conosci la differenza tra ciò che è giusto e ciò che è sbagliato, perciò sai che mi sono comportato in modo corretto! Ti prego, aiutami!" implorava il più giovane, durante la corsa. La divinità solare non lo deluse, facendo sgorgare un fiume impetuoso, popolato da feroci coccodrilli, proprio tra i due. Anubi fu costretto a fermarsi, e Bata gli chiese di attendere il sorgere del sole, affinché potesse rischiarare il loro giudizio e aiutarli a risolvere la faccenda. Anubi acconsentì, e all'alba la sua rabbia era venuta meno, perciò era incline ad ascoltare la versione del fratello. "Hai cercato di uccidermi senza nemmeno appurare che tua moglie avesse detto il vero. Ebbene, sappi che è stata lei a cercare di sedurmi, e io l'ho rifiutata. L'unica ragione che ti ha spinto a farmi del male erano le parole di quella sgualdrina!" esclamò Bata, e per dimostrare di non avere alcuna pulsione nei confronti della moglie del fratello, spezzò una canna dalle rive del fiume e, usando la sua estremità acuminata, si evirò e gettò il proprio membro nel fiume, dove un pesce gatto se ne nutrì. Anubi rimase davvero colpito da quel gesto e comprese di aver giudicato male il caro fratello. Il senso di colpa lo divorava, ma il fiume pieno di coccodrilli li separava e gli impediva di correre ad abbracciare il povero e leale Bata. Si inginocchiò e pianse, dicendo di essere pronto a fare qualsiasi cosa pur di farsi perdonare, e l'altro parlò: "Non tornerò a casa con te e con la tua perfida moglie, preferisco recarmi nella Valle dei Cedri. Lì sistemerò il mio cuore sull'albero più alto, così potrò vivere per sempre. Ti chiedo solo una cosa: quando la birra comincerà a ribollire nelle tue mani, vieni nella Valle dei Cedri e mettiti alla ricerca del mio cuore, perché sarà il segno che qualcosa di brutto mi è accaduto. Se lo immergerai nell'acqua fresca, potrò tornare alla vita, e allora avrai ripagato il tuo debito". Detto questo, Bata si voltò e si mise in viaggio verso la terra dei cedri. Lì cercò l'albero più alto e vi sistemò il proprio cuore, tenendolo al sicuro, e trascorse svariati anni vivendo in solitudine, cacciando e riposando all'ombra dei cedri, rimpiangendo la compagnia degli altri esseri umani. Gli dèi lo osservavano dall'alto e trovarono ingiusto che, a causa della moglie del fratello, Bata dovesse vivere solo e abbandonato da tutti, perciò Ra chiese a Khnum di fabbricare per lui una donna bellissima, che emanasse un profumo dolce e irresistibile, e quando fu pronta le Sette Hathor comparvero per decidere il suo destino. "Questa donna troverà la morte tramite una giusta esecuzione!" sancirono. Nonostante questa fosca previsione, Bata fu davvero lieto di avere una compagna, e i due vissero felici, all'ombra dei cedri. La donna però era curiosa di vedere il mondo, ma il marito le aveva raccomandato di non allontanarsi troppo dal grande cedro vicino al quale aveva costruito la loro casa, perché temeva che il mare, vedendola così bella, potesse desiderarla e prenderla con sé, e Bata in quel caso non avrebbe potuto farci niente, perché sul ramo più alto era custodito il suo cuore, e non poteva andare troppo lontano senza di esso. Un giorno però la fanciulla disobbedì, curiosa di vedere le onde, ma il mare rimase ammaliato dalla sua bellezza e sorse per afferrarla. Le onde si gonfiarono e la donna ebbe paura, fuggendo verso il cedro, ma il mare si rivolse allora all'albero, chiedendogli di afferrare almeno un frammento della sua fragranza. Uno dei rami più bassi si inclinò verso la sua chioma e, correndo, la donna non si accorse che un ciuffo di capelli era rimasto impigliato lì. La ciocca finì poi nel mare, che poté così rallegrarsi, ma rimase poi attaccata alle vesti del faraone che un servitore stava lavando nell'acqua. Il sovrano si compiacque del gradevole profumo che avevano i suoi abiti, e scoprì che proveniva da quel ciuffo di capelli, perciò ordinò ai suoi uomini di setacciare mari e monti per trovare la fanciulla a cui apparteneva. Coloro che andarono nella Valle dei Cedri riconobbero il dolce profumo, ma Bata non li lasciò portar via sua moglie e li uccise uno dopo l'altro. Il faraone tentò allora in modo diverso: anziché mandare soldati ben addestrati, spedì nella vallata un'anziana signora a cui consegnò vesti preziose, gioielli e cosmetici, con cui convincere la fanciulla a seguirla. La donna rimase ammaliata da quelle belle cose che, nella sua vita frugale all'ombra del cedro, non aveva mai avuto, e desiderò essere la moglie del faraone. C'era un solo problema: Bata non le avrebbe mai permesso di andarsene. Confidò all'anziana signora che sarebbe bastato abbattere il cedro più alto per uccidere suo marito, ma non osava farlo, e neppure la vecchia era nelle condizioni di compiere una simile impresa. Quest'ultima però tornò dal faraone e gli riferì quanto aveva appreso, e ben presto un gruppo di soldati raggiunse la valle e tagliò il grande albero. Nel momento esatto in cui il tronco toccò il suolo, Bata cadde a terra morto. Nel frattempo, Anubi aveva vissuto in solitudine, rimpiangendo i giorni felici trascorsi assieme al caro fratello. Aveva ucciso la moglie infedele e aveva continuato a prendersi cura da solo di campi e bestiame, e un giorno, mentre beveva, vide che la birra ribolliva nelle sue mani, e ricordò le parole di Bata. Subito si mise in viaggio verso la Foresta dei Cedri, alla ricerca dell'albero più alto, che infatti trovò abbattuto, non lontano dal corpo esanime del fratello. Per giorni spostò rami e fogliame, alla ricerca del suo cuore, ma senza trovarlo, anche perché non sapeva di preciso che cosa intendesse il fratello con il termine "cuore". Si era forse strappato il cuore dal petto per sistemarlo sulla cima di un albero? In tal caso, come aveva fatto a sopravvivere per tutti quegli anni? Più volte pensò di lasciar perdere, ma poi ricordò la propria promessa e riprese a cercare, più convinto di prima. Infine trovò una pigna che, in qualche modo misterioso, gli parve essere proprio ciò di cui aveva bisogno. La mise nell'acqua fredda, come gli era stato suggerito, e notò come il corpo di Bata iniziasse a scuotersi. Gli avvicinò la ciotola, di modo che potesse berne il contenuto, e non appena l'ebbe vuotata, il fratello minore tornò in forze. Anubi domandò cosa fosse accaduto, e cos'avesse intenzione di fare ora, ma Bata aveva già un piano. "Mi trasformerò in uno splendido toro, e tu potrai salire sul mio dorso. Assieme raggiungeremo le terre del faraone, e lì mi offrirai in dono al regnante. Riceverai in cambio oro e gioielli, e potrai tornare a casa ricco e soddisfatto. Io invece resterò a corte, dove immagino si trovi anche mia moglie, e mi vendicherò!" illustrò al fratello. Tutto andò come previsto, e quando il magnifico toro multicolore fu nel palazzo, andò alla ricerca della donna e, non appena la trovò, la rimproverò per ciò che aveva fatto. Lei rimase in silenzio, terrorizzata, ma non appena fu assieme al faraone, cercò di convincerlo a compiere un sacrificio, uccidendo il toro. Al sovrano dispiaceva disfarsi di un animale tanto bello, ma la moglie ebbe la meglio, perciò Bata venne ucciso, ma dalle gocce di sangue che colarono dal suo collo sbocciarono due alberi che nel giro di poco tempo fiorirono, emanando un profumo che aleggiava fino alle stanze più remote del palazzo. Il sovrano ne era deliziato e andò a vedere quel prodigio assieme alla moglie, ma a quel punto l'albero sussurrò, facendosi sentire solo dalla donna. "Nonostante tutti i tuoi tentativi di uccidermi, sono ancora vivo!" le disse, lasciandola ancor più atterrita. Quella sera, la regina chiese al marito di accordarle un importante favore, "Prometti di fronte agli dèi che farai ciò che ti chiedo?" insistette. Il faraone acconsentì, perciò lei continuò, "Vorrei che abbattessi quei due alberi. Il loro legname è magnifico e vorrei ricavarne della raffinata mobilia per le nostre stanze!" Il sovrano non avrebbe voluto tagliare quelle piante profumate, ma ormai aveva dato la propria parola, perciò fu costretto a dare l'ordine. Mentre la donna osservava compiaciuta l'abbattimento degli alberi, una scheggia di legno le finì in bocca, e scese fino a fecondarla, tanto che, nove mesi dopo, diede alla luce un bambino. Il faraone celebrò il lieto evento con una grande festa, quindi lo crebbe con ogni onore e cura, designandolo proprio erede al trono. Quando l'anziano regnante morì, il principe ne prese il posto e, come prima azione, convocò di fronte a sé l'intera guardia reale, quindi fece arrivare da lontano anche Anubi e infine chiamò la propria madre. Raccontò a tutti la propria storia, dicendo di essere proprio Bata, colui che era stato ucciso prima in forma umana, poi come toro e infine come albero, ma ora era tornato e si sarebbe preso ciò che gli spettava. L'infida moglie venne giustiziata, mentre Anubi venne incoronato principe ereditario, e poté regnare sull'Egitto quando gli anni di governo di Bata, che furono lunghi e prosperi, giunsero al termine.

In questa storia troviamo molti elementi della tradizione egizia, mescolati a importanti mitemi che compaiono anche nel mondo greco, mesopotamico e cananeo. Bata era venerato in forma di toro, mentre portava sul dorso Osiride, e in questo racconto troviamo l'eroe, mutato in toro, che tiene sulla propria schiena il fratello Anubi, che porta lo stesso nome del figlio che Osiride ebbe da Nefti, la moglie del proprio fratello. Bata, come Seth, ma anche come Adone o Attis, fu evirato, e il suo membro venne mangiato da un pesce, come nel caso di Osiride. Riesce a tornare alla vita grazie alla pigna di un cedro, che ne rappresenta il cuore, ed è importante a questo proposito il legame di Attis con il pino, in cui si tramutò dopo la morte. Sono entrambe piante sempreverdi, che non temono la morte che pare impadronirsi degli alberi a foglia caduca quando viene l'inverno. Il fatto che sia il mare a voler sottrarre a Bata la moglie ci ricorda la leggenda in cui Yam rapì Astarte, e Seth giunse in suo soccorso, mito che è presente anche nella tradizione cananea e ugaritica, dove a combattere contro Yam è il dio Baal. Lentamente, la figura di Seth assunse su di sé gli attributi di questo dio straniero, divenendo sempre più antropomorfo e perdendo i propri attributi negativi. Baal sconfisse un pericoloso avversario in forma di drago o serpente, come il mesopotamico Marduk, e si dice che Seth sia l'unico in grado di tenere a bada il temibile Apophis. Marduk, chiamato Bel (termine che, come Baal, significa Signore) presso i babilonesi, uccise il fratello Dumuzi a causa dell'invidia che provava nei suoi confronti, e abbiamo visto come la figura del mesopotamico Dumuzi abbia molto in comune con Osiride, colui che venne invece ucciso e smembrato da Seth. Durante il Secondo periodo intermedio, l'Egitto vide al governo dei sovrani stranieri, noti come *hyksos* e provenienti dall'Asia. Costoro scelsero come divinità tutelare proprio Seth, che aveva molti punti in comune con il loro dio, e che era patrono del deserto e degli stranieri.

Simboli

DELLA CULTURA EGIZIA

Simboli della cultura egizia

Una delle creature fantastiche più amate di tutti i tempi vede le sue origini proprio nella mitologia egizia, si tratta della leggendaria fenice, l'uccello di fuoco capace di rinascere dalle proprie ceneri. Secondo gli antichi geroglifici, all'inizio dei tempi, quando esisteva solamente la distesa acquatica di Nun, un uccello lucente dispiegò le sue grandi ali piumate, sorvolando i flutti e posandosi infine sulla collina primeva, unico luogo solido in mezzo alle onde. Lì emise un melodioso richiamo, che fece innamorare Atum-Ra nel momento del suo sorgere per la prima volta, portando la luce e l'ordine nel mondo.

La fenice egizia si chiama Bennu, termine connesso al sorgere o risorgere. La prima collina emersa è invece chiamata *benben*, e spesso il Bennu è raffigurato come un airone posato su questa struttura piramidale. Le piramidi volevano essere una riproduzione di questa montagna primeva, e sulla punta avevano una pietra triangolare che ne portava il nome. La pietra *benben*, chiamata anche *pyramidion*, era fatta di granito o diorite, ricoperte poi d'oro o elettro, facendone un oggetto molto prezioso e scintillante. Talvolta invece il Bennu è posato sopra un salice, simbolo di Osiride, il dio della rinascita e della vittoria sulla morte. Questo divino uccello veniva raffigurato come un airone cinerino, che riappare in Egitto proprio nel periodo della piena del Nilo, divenendo così portatore di rigenerazione.

Un'altra creatura dal sentore tipicamente egizio è la sfinge, figura solitamente accovacciata davanti a templi o piramidi, in posizione di custode. Il suo nome egizio, *Shesep Ankh* significa Immagine vivente di Atum. Ha il corpo di leone e la testa che può essere umana, di ariete (e in tal caso si chiama criosfinge) o di falco (ieracosfinge). Ad esempio, per accedere al tempio di Karnak, nell'antica Tebe, era necessario superare un viale protetto da entrambi i lati da numerose criosfingi, la cui testa di ariete ricordava il dio Amon, venerato nel culto tebano. Anche nella cultura sumera, assira e babilonese troviamo numerosi esempi di creature dal corpo leonino o taurino e dalla testa umana, posti a protezione di portali e templi. Come le sfingi, queste entità detengono un profondo significato zodiacale, rimandando all'era astrologica del leone, dell'ariete o del toro. Il maestoso monumento situato nei pressi delle piramidi nel complesso di Giza, con corpo di leone e testa umana, venne costruito durante la quarta Dinastia, e si ritiene che il volto sia quello del faraone Chefren, che regnava in quel periodo. Nonostante la sua magnificenza, la Sfinge venne dimenticata e le sabbie del deserto la sommersero quasi del tutto, lasciando fuori solamente la testa, che il faraone Tutmosi ritenne essere quella del dio Ra, quando si trovò nei suoi pressi, stanco e accaldato durante una battuta di caccia. Si riposò alla sua ombra, e in quell'occasione il dio solare gli apparve in sogno, chiedendo di far tornare la statua al suo antico splendore. Tutmosi diede quindi ordine di tirare fuori la Sfinge dalla sabbia che la ricopriva e di ripararla, e immortalò il suo sogno in quella che viene conosciuta oggi come la *Stele del Sogno*.

Uno dei simboli più conosciuti dell'antico Egitto è l'*ankh*, o croce ansata, chiamata anche Chiave della Vita a causa della sua forma, e rappresenta la forza vitale. Le sue origini sono avvolte nel mistero: secondo alcuni studiosi simboleggia la fertilità e la riproduzione, raffigurando un grembo materno, mentre secondo altri vorrebbe richiamare il potere germinativo del sole, intento a sorgere dall'orizzonte. Vi è anche chi afferma che si tratti del nodo che stringeva i sandali degli antichi egizi, volendo rappresentare il viaggio compiuto da ciascuno attraverso la vita. Veniva inscritto accanto alle divinità, per enfatizzarne la natura ultraterrena, e talvolta i faraoni venivano rappresentati mentre qualche dio porgeva loro tale simbolo, tenendolo davanti a naso e bocca, e per questo si ritiene che possa identificarsi con il respiro vitale. Era usato come amuleto di protezione, sia per i vivi che per i defunti.

Un altro simbolo simile all'*ankh*, che però ha le braccia piegate verso il basso e due gambi, anziché uno, e che spesso si trova accanto alla croce ansata, è il *tjet*, chiamato anche Nodo di Iside. La sua forma ricorda infatti un nodo con un'asola superiore, e il suo geroglifico è connesso all'idea di potere rigenerante, nonché al sangue. Era utilizzato come amuleto protettivo, secondo la tradizione egizia che afferma che i nodi siano in grado di bloccare o convogliare la magia, ma il *tjet* doveva essere ricavato da pietre di colore rosso, probabilmente a causa del suo legame con il sangue e la vita.

Se il *tjet* rappresentava Iside e il potere femminile di conferire la vita, il *djed* aveva invece una connotazione maschile. Ha la forma di un pilastro, e il suo geroglifico ha il significato di stabilità e resistenza, anche se molti studiosi hanno idee differenti riguardo l'oggetto che ne avrebbe ispirato la forma: secondo alcuni il *djed* sarebbe il tronco di un albero di cedro con i rami recisi; secondo altri una spiga stilizzata; per altri ancora si tratta proprio di una colonna; mentre c'è chi afferma che si tratti addirittura di un convogliatore di energia, simile a quelli che usiamo tutt'oggi nelle centrali elettriche. C'è chi ritiene invece che la sua forma richiami l'albero che ha custodito il corpo di Osiride, sulle sponde di Byblos, divenuto poi un pilastro nel palazzo reale, e chi lo associa alla riproduzione della spina dorsale di Osiride. Il *djed* viene solitamente assimilato al dio dei morti Osiride, nel suo aspetto di Banebdjed, ovvero il *ba* (spirito) del Signore del Pilastro, ma anche a Ptah, il demiurgo di Memphis. Anche questo simbolo veniva utilizzato come amuleto di protezione.

Ankh   Djed   Tjet

Lungo le rive del Nilo sboccia il fior di loto, che durante il giorno apre i suoi petali per salutare il sole, mentre di notte si richiude, e per questo era uno dei simboli che rappresentava proprio il divino astro. Sacro era anche il loto blu, il fiore preferito della dea

Hathor. Il loto era connesso alla vita eterna; si riteneva che il suo profumo portasse benessere e protezione, e non dimentichiamo che, all'inizio dei tempi, in alcuni miti fu proprio un loto a crescere dall'oceano primordiale, sbocciando e mostrando al proprio interno un giovanissimo dio sole. Nefertum, figlio di Ptah e Sekhmet, dio della bellezza e dei profumi, viene raffigurato con un loto sulla testa.

Spesso i faraoni vengono rappresentati con due scettri incrociati, simbolo del potere sui due regni. Il primo, chiamato *hekat*, possiede un'estremità arcuata e ricorda il bastone da pastore, indicando che il faraone è la guida del popolo. L'altro, il *nekhekh*, ha numerose fasce di stoffa che dipartono dalla punta, e viene interpretato talvolta come un flagello, e altre come la correggia con cui si separavano i semi dal guscio, richiamando la tradizione agricola e ricordando che il faraone, prima di tutto, doveva provvedere al benessere del paese.

Un altro tipo di scettro portato specialmente dalle divinità era il *was*, con una testa di animale (talvolta identificata in quella di uno sciacallo, quindi legata al potere ultraterreno di Anubi, o quella di Seth), e spesso congiunto anche all'*ankh* e al *djed*. Rappresentava il pilastro cosmico, veicolava l'energia, facendola passare dal cielo alla terra, e la testa di animale aveva un valore totemico e sciamanico. Sul fondo aveva una biforcazione, a sua volta proveniente dagli ambienti agricoli e pastorali, dove serviva per bloccare i serpenti, un pericolo molto diffuso nelle regioni in cui vivevano gli antichi egizi. Non dimentichiamo che il viaggio della barca solare era ogni notte ostacolato da numerose creature nocive, spesso in forma di serpente, quindi saperle tenere a bada risultava essenziale per vedere una nuova alba. La città di Uasit, ovvero Città dello Scettro, che sarà più avanti conosciuta con il nome di Tebe, aveva come proprio geroglifico una rappresentazione di questo oggetto, simbolo di potere.

Un aspetto fondamentale della cultura egizia era lo studio delle stelle. Gli antichi egizi avevano infatti tre calendari: uno solare, uno lunare e uno sotiaco. Sothis (nome greco per la stella Sirio, che in egiziano era chiamata Sopdet) ricompariva nel cielo con un ciclo di 365 giorni e un quarto, particolarità che la faceva coincidere con l'anno, formato da 360 giorni più i 5 epagomeni. La sua comparsa era celebrata in quanto annunciatrice della piena del Nilo, quindi di un periodo di rinnovata fertilità. Era chiamata anche la Stella del Cane (anche secondo la moderna astronomia si trova all'interno della costellazione del Cane Maggiore), e perciò era considerata aggressiva e pericolosa, come un cane o un lupo, e connessa all'oltretomba, come lo sciacallo Anubi. Era legata alla figura di Iside, costantemente alla ricerca dell'amato, e si riteneva che la piena del Nilo fosse provocata dalle lacrime della dea per la morte di Osiride, associato invece alla costellazione di Orione, chiamato Sah dagli antichi egizi. Si diceva che, dopo la sua morte, Osiride si fosse trasformato in una costellazione per giudicare e guidare i morti, le cui anime finivano proprio lì, seguendo la corrente del fiume celeste, ovvero la Via Lattea. La figura di Orione, mitico cacciatore greco, è seguita da due fedeli segugi, il Cane Maggiore, dove si trova la stella Sirio, e quello Minore. Si trattava di un asterismo importantissimo nella cultura egizia, in quanto sede ultima delle anime dopo la morte. Le piramidi possiedono numerose piccole aperture orientate proprio verso questa costellazione, dirigendo l'anima del defunto faraone verso la sua dimora celeste. Le tre grandi piramidi di Giza, inoltre, sono allineate secondo le tre stelle della cintura di Orione, mostrando ancora una volta quanto l'osservazione della volta celeste venisse compiuta con estrema cura.

Nel tempio di Hathor a Dendera è conservato un bellissimo zodiaco circolare, dove troviamo le costellazioni a noi note, anche se interpretate secondo la tradizione egizia, assieme ai pianeti allora conosciuti, associati ad altrettante divinità: il Sole era identificato con l'uccello Bennu dalle ali infuocate; Mercurio, anche per i greci legato al sapere e alle scienze, con Thoth; Venere, con i suoi attributi di amore e bellezza, con Hathor; la Terra con Geb; la Luna con Iside; Marte, bellicoso e ardito, con Seth; Giove splendente con Horus e, infine, il misterioso Saturno con Osiride.

Il *Libro di Nut*, il cui titolo originale può essere tradotto come I Fondamenti del Corso delle Stelle, ci fornisce altri interessanti ragguagli sull'astronomia egizia. Ogni costellazione delle dodici a noi note aveva al suo interno tre gruppi di stelle, chiamati decani, che così venivano ad essere trentasei in totale. Essi apparivano all'orizzonte ogni dieci giorni, da qui il loro nome, ed essendo trentasei, scandivano un periodo di 360 giorni esatti che, come abbiamo visto, è l'esatta lunghezza dell'anno, alla quale andavano aggiunti i cinque giorni epagomeni.

Non ci sorprende che la cultura egizia, vista la sua straordinaria ricchezza e complessità, sia ancora oggi fonte di ispirazione e argomento di incessanti studi, restando custode di numerosi misteri ancora irrisolti e facendo sognare, e talvolta arrovellare, appassionati e studiosi.

Testi utili per approfondire:

James Allen, *The Ancient Egyptian Pyramid Texts*.

Jan Assman, *The Search for God in Ancient Egypt*.

Boris de Rachewiltz, *I Miti Egizi*.

Massimo dell'Agnola, *Mitologia e dei dell'antico Egitto*.

Raymond Faulkner, Ogden Goelet, *The Egyptian Book of the Dead*.

George Hart, *Miti egizi*.

Geraldine Pinch, *Egyptian Mythology: A Guide to the Gods, Goddesses, and Traditions of ancient Egypt*.

Borsi Rachelwiltz, *I miti egizi*.

Joyce Tyldesley, *The penguin book of Myths and Legends of Ancient Egypt*.

Richard H. Wilkinson, *The Complete Gods and Goddesses of Ancient Egypt*.

Attribuzioni delle Immagini, Wikimedia Commons:

Occhio di Horus: Benoît Stella alias BenduKiwi.
Tjet: Tedmek.
Djed, Figli di Horus, Hathor, Bennu, Aker, Ammit, Ba: Jeff Dahl.
Ankh: Alexi Helligar, Wikimedia Commons.

MEET MYTHS

puoi trovare:

Edda: il Canto di Odino
le grandi fonti della tradizione norrena: l'Edda Poetica, in Prosa e Minore, raccontate in modo semplice e appassionante

I Miti Norreni
le antiche leggende di Odino, Thor e Loki, raccolte nell'Edda poetica

Saghe Vichinghe
Spade, Valchirie e grandi eroi: alla scoperta di alcune tra le più avvincenti saghe del Nord

Il Canto dei Nibelunghi
le vicende del prode Sigfrido, della valchiria Brunilde e l'ambito tesoro dei Nibelunghi

Saghe Islandesi
le gesta degli orgogliosi vichinghi che per primi colonizzarono la terra del ghiaccio e del fuoco

La stirpe di Frey – *Heimskringla*
le Cronache dei Re del Nord, un viaggio tra i popoli vichinghi di Norvegia, Svezia e Danimarca

Beowulf e le Saghe del Nord
le avventure di un eroe che sconfisse draghi e troll, raccontate assieme alle più grandi saghe che si intrecciano con il suo destino

I Miti Celtici
le misteriose leggende del popolo oltre la nebbia, cantate da druidi e bardi

Racconti dei Fianna
le avventure di Fionn mac Cumhaill e dei suoi eroi dei colli nebbiosi, sul confine tra questo mondo e quello incantato

I Cavalieri della Tavola Rotonda
le grandi gesta di Artù, Merlino e i valorosi cavalieri di Camelot

Leggende dal Kalevala
il poema epico finlandese, che narra le vicende del fiero popolo di Kaleva

Miti Slavi e Russi
Alla scoperta di divinità, eroi e creature del folklore slavo e russo

Miti Romani
dalla fondazione di Roma alle Guerre Puniche: la storia di uno dei più grandi imperi mai esistiti

Miti e Costellazioni
le più grandi leggende incastonate nel nostro cielo, tra eroi greci, romani, indiani e babilonesi

Il viaggio degli Argonauti
l'epico viaggio di Giasone ed i suoi cinquanta compagni alla ricerca del mitico Vello d'Oro

Eroi della Tragedia Greca
il destino degli eroi che per secoli hanno rappresentato le molte sfumature dell'animo umano

Cantami o Diva…
dalla fondazione al tramonto di Troia, le epiche gesta di Achille, Ettore, Ulisse e degli altri grandi eroi del mondo antico

I Miti di Sumer
la misteriosa mitologia del primo tra i popoli, tratta dalle antiche tavole in cuneiforme

La Leggenda di Gilgamesh
l'epopea babilonese dedicata al re di Uruk e alla sua ricerca dell'immortalità

Miti Persiani
l'eterna lotta tra angeli e demoni secondo il profeta Zoroastro e le grandi gesta dei re di Persia

I Miti Indiani
la ricca e raffinata mitologia dell'India, raccontata da saggi maestri sulle rive del Gange

Ramayana
il grande viaggio di Rama, uno dei più importanti eroi dell'epica indiana

Mahabharata
il più grande poema indiano che narra le gesta di Krishna ed Arjuna in un'epica battaglia

Miti Egizi
tra piramidi e faraoni, la misteriosa mitologia sorta sulle sponde del Nilo

Miti Maya e Aztechi
la sorprendente storia dei popoli mesoamericani, all'ombra delle grandi piramidi a gradoni

Miti Cinesi
Storie di dèi, dragoni e degli Otto Immortali

Viaggio in Occidente
le straordinarie avventure di Sun Wukong, l'eroe scimmia più amato della tradizione cinese

Miti Giapponesi
un viaggio attraverso i miti del Sol Levante, alla scoperta di Kami, Imperatori e Samurai

La mitologia si unisce alla fantascienza in un romanzo originale e avvincente...

ARDA 2300

Secondo la più antica saggezza, il tempo è ciclico e costantemente si rinnova, è quello che accade in ARDA 2300, dove, in un futuro vessato dal conflitto tra uomini e macchine, gli dèi fanno inaspettatamente ritorno.
Com'era stato predetto da popoli ormai dimenticati, il Ragnarok ha distrutto il vecchio mondo e gli Aesiri, misteriose entità che si fanno chiamare dèi, hanno riportato ordine e prosperità, facendo sorgere Yggdrasil, l'albero del mondo, al centro di quella che un tempo era l'Europa.
Sotto la splendida facciata di questa nuova età dell'oro si celano però misteriosi luoghi perennemente ammantati dalla nebbia, dove il confine tra uomini e macchine, tra vita e non vita, diviene sempre più sottile ed indistinguibile.
Chi sono questi Aesiri e cosa nascondono? Perché odiano tanto le macchine? E c'è davvero differenza tra uomini e automi, quando i primi hanno dimenticato di avere un'anima e i secondi lottano per veder riconosciuta la propria?

Scopri un appassionante romanzo storico sospeso tra oriente e occidente, tra i segreti del nazismo e le sacre vette himalayane...

BLACK CAMELOT

LA CAMELOT NERA

Nella casa dei bisnonni, Alex trova la vecchia divisa di un ufficiale delle SS, assieme a documenti e oggetti appartenuti ad un misterioso antenato. C'è anche un pendente a forma di Mjollnir, il leggendario martello di Thor, ed Alex lo indossa, ignaro di come questo gesto cambierà la sua vita. La psicometria, ovvero la capacità di percepire il passato attraverso gli oggetti, forse non era solo una fantasia di qualche secolo fa, perché Alex, tramite il medaglione, diviene partecipe della vita di un pilota vissuto negli anni della seconda guerra mondiale, misteriosamente connesso con le SS di Himmler e con l'Ahnenerbe, fulcro dell'occultismo nazista, con sede nel mistico castello di Wewelsburg: la Camelot nera di Himmler. Tra antiche reliquie e all'ombra del Terzo Reich, incontrando alcuni tra i più controversi personaggi della storia e muovendosi in uno scenario di eventi realmente accaduti, dalla Germania nazista al lontano Tibet, passando per la resistenza italiana, Hans ed Alex dovranno impiegare tutte le proprie forze per far tramontare il Sole Nero ed impedire all'oscuro dragone di avvolgere le sue spire intorno al mondo.

*Una storia ambientata nelle lontane terre dei Tungusi,
dove si è mantenuta la tradizione di affidarsi agli sciamani
per comprendere i segreti sussurri degli spiriti.*

Un sentiero lungo il corso del Sole

*La notte è calma ma gli spiriti non smettono di chiamare.
Battono gli zoccoli, ululano, strofinano becchi e corna
contro gli alberi...
è tempo che lo sciamano inizi il suo viaggio.
Gli spiriti lo sanno, per questo non gli danno tregua:
conoscono il suo animo e lo accompagnano nella veglia e
nel sogno, sin nelle profondità dei mondi inferi o lungo il
sentiero che conduce al Sole.
Inan è un giovane destinato a diventare uno sciamano, ma
il suo cammino verso la luce dovrà passare anche
attraverso le ombre.*

OGAM
ALBERI, DRUIDI E POETI

Seguendo i piccoli passi della volpe,
animale che, secondo i druidi,
conosce gli alberi meglio di chiunque altro,
ci addentreremo all'interno
della foresta dei simboli celtici,
tra alberi guardiani, animali simbolici
e antiche leggende irlandesi.

RUNE
IL SANGUE DI ODINO

Un viaggio alla scoperta dell'alfabeto runico, seguendo le parole degli antichi che per primi ci parlarono di questi misteriosi simboli.

GALDRASTAFIR
I MAGICI SIGILLI D'ISLANDA

Alla scoperta dei magici simboli usati dai vichinghi per ottenere forza, prosperità, vittoria in battaglia e molto altro...

YLIASTER

I Cercatori di Stelle

Le stelle sono state ancestrali guide per tutti i popoli che si avvicendarono sul nostro pianeta. Ora hanno smesso di brillare, ma l'equipaggio del Cygnus, un misterioso galeone volante con a capo un bizzarro alchimista, solcherà i cieli di questo mondo, e non solo, pur di ritrovarle. Tra conoscenze perdute, avventure piratesche, magici cristalli e polveri alchemiche, il Cygnus ci porterà in viaggio attraverso il sapere degli antichi, nella speranza di vederlo splendere di nuovo, proprio come le stelle nella volta celeste.

Grazie per aver letto questo libro!

Printed in Great Britain
by Amazon